LE BONHEUR

SOUS LES TOITS,

VAUDEVILLE EN TROIS ACTES,

PAR

MM. EDMOND BURAT ET DIDIER,

REPRÉSENTÉ POUR LA PREMIÈRE FOIS SUR LE THÉATRE DES FOLIES-DRAMATIQUES LE 28 MAI 1839.

PERSONNAGES.	ACTEURS.	PERSONNAGES.	ACTEURS.
LE COMTE DE LOGRONOFF.	M. MASQUILLIER	Mᵐᵉ TOURNELLE, concierge..	Mᵐᵉ HOUDRY.
ROBLEAU, cocher de fiacre.	{ M. B. LÉON j. / M. Ed. GÉRARD.	FRANCINE, sa fille adoptive..	Hor. JOUVE
BÉNÉDICT, ouvrier tapissier.	M. DUMOULIN.	LOUISE, ouvrière........	Ad. AMANT.
UN TAILLEUR.	M. MAYER.	UNE MODISTE.	LOUISE H.
UN DOMESTIQUE.	M. DESQUEL.	UNE LINGÈRE..........	DÉSIRÉE.
1ᵉʳ COMMISSIONNAIRE.	M. CHARLES.	UNE COUTURIÈRE.	HÉLOÏSE.
2ᵉ COMMISSIONNAIRE.	M. ALPHONSE.		

ACTE PREMIER.

Une cour d'assez belle apparence ; d'un côté la loge de la portière ; de l'autre la maison ; une grille au fond ; auprès de la loge, un banc de pierre ; plus près de la rampe, deux chaises ; sur l'une d'elles se trouve tout ce qu'il faut pour faire des fleurs artificielles.

SCÈNE PREMIÈRE.

BÉNÉDICT, COMMISSIONNAIRES.

Au lever du rideau, des commissionnaires, parmi lesquels se trouve Bénédict, sont occupés à charger sur un brancard un mobilier élégant.

BÉNÉDICT.

Doucement donc , doucement.

PREMIER COMMISSIONNAIRE.

Soyez tranquille, vous êtes tapissier, c'est vrai, mais chacun son état.

BÉNÉDICT.

C'est égal, j'vas vous donner un p'tit coup de main.

PREMIER COMMISSIONNAIRE.

Laissez donc... on connaît son affaire, j'vous dis.

En disant cela, ils laissent aller la commode, dont les tiroirs s'échappent et tombent par terre.

BÉNÉDICT.

Maladroits !

PREMIER COMMISSIONNAIRE.

Ça nous a glissé des doigts, quoi !.. ça peut arriver à tout le monde.

SCÈNE II.

LES MÊMES, Mᵐᵉ TOURNELLE, sortant de sa loge, puis FRANCINE.

Mᵐᵉ TOURNELLE.

Ah ! mon Dieu ! est ce que vous démolissez la maison, Bénédict ?

BÉNÉDICT.

N'faites pas attention, madame Tournelle, c'est peu de chose.

Mᵐᵉ TOURNELLE.

Peu de chose !.. une commode éventrée... et

par terre, par terre des châles en bourre de soie
et des bas à jours!

2e COMMISSIONNAIRE.

Ils n'sont pas dans la rivière, vos bas à jours.

FRANCINE, *entrant.*

Qu'est-ce donc, maman?

Mme TOURNELLE.

Un beau chef-d'œuvre qu'ils viennent de
faire, tiens, tiens!

Elle lui montre les parures qui sont éparses.

FRANCINE.

Ah! mon Dieu! les belles choses!

BÉNÉDICT, *à part, en la regardant.*

Elle ne me voit pas... elle est toute aux chif-
fons... c'est de son âge, au fait.

Mme TOURNELLE.

Eh bien! qu'est-ce que vous faites donc là,
Bénédict; vous contemplez votre bel ouvrage?

BÉNÉDICT.

C'est la vôtre, que je contemple, mère Tournelle; c'est Mlle Francine, votre fille, ma future petite épouse.

Mme TOURNELLE, *à part, avec humeur.*

Son épouse! son épouse!

FRANCINE.

Ah! tiens! c'est vous M. Bénédict... je ne
vous apercevais pas.

BÉNÉDICT.

Vous étiez trop préoccupée

FRANCINE, *riant.*

C'est bien naturel de la toilette... songez
donc...

Air de Paoli.

Ah! si j'avais, au lieu de ma coiffure,
Ces belles fleurs et ces bijoux charmans,
Pour ne penser qu'à ma riche parure,
Je quitterais ces simples vêtemens;
On plaît si bien avec de la toilette!
Mais ce plaisir n'est pas fait pour mon cœur.
Je ne suis que grisette,
C'est ce que je regrette...
Dans les bijoux, c'est là qu'est le bonheur.

Vous me trouvez folle, n'est-ce pas, Bénédict?

BÉNÉDICT.

Pourquoi ça?.. j'suis comme vous, j'aime
mieux un louis que trente sous... mais quand on
peut pas... à ça près, ça va bien?

FRANCINE.

Très bien, et vous?

BÉNÉDICT.

J'vous vois, et vous me le demandez.

Mme TOURNELLE, *les séparant brusquement.*

C'est bon, c'est bon! vous vous ferez des com-
plimens un autre jour.

Francine va s'asseoir et se met à son ouvrage.

BÉNÉDICT.

Ah! mon Dieu! mère Tournelle, comme vous
rudoyez le pauvre monde!

Mme TOURNELLE.

C'est vrai... faut-y pas vous laisser faire les
yeux doux, quand l'plus beau mobilier de la
rue Coquenard, un mobilier de danseuse, c'est
tout dire, est là sur le pavé comme une vente
au Châtelet.

BÉNÉDICT, *riant.*

C'est ben c'qui lui pend à l'oreille, au mobilier de la danseuse.

Mme TOURNELLE.

Si c'te bonne Mlle Florentine voyait ses pauvres effets ainsi! quel crève-cœur.

BÉNÉDICT, *raillant,*

Ça lui coûte tant à gagner.

Mme TOURNELLE.

Taisez-vous! vous êtes une mauvaise langue
comme les autres... ma meilleure locataire...
et il faut qu'elle déménage!

BÉNÉDICT.

Il paraît que le propriétaire n'était pas tout-
à-fait de votre avis, puisqu'il lui donne congé.

Mme TOURNELLE, *haussant les épaules.*

Pardié! un jésuite!

FRANCINE, *assise et souriant.*

Ah! vous avez beau dire, maman, la maison,
jadis si tranquille, était devenue grâce à elle...

Mme TOURNELLE.

Ah! mon Dieu! parce qu'elle recevait un
peu de monde, qu'on fesait un peu de bruit
chez elle... une danseuse, fallait-y pas qu'elle
répétasse (appuyant) qu'elle *esseyasse* ses
changemens de jambes?

BÉNÉDICT.

Oui, des battemens.

Mme TOURNELLE, *soupirant.*

C'est égal, je voudrais bien voir ma Francine dans une passe pareille à la sienne.

BÉNÉDICT, *avec force.*

Ah! par exemple! c'est pas votre désir, n'est-
ce pas, Francine?

FRANCINE.

Oh! non! bien sûr... j'aime la toilette, les
parures, c'est vrai, mais je ne voudrais pas les
devoir à...

BÉNÉDICT.

Et vous avez bien raison; mais ne craignez
rien, ces colifichets qui vous font tant plaisir,
quand nous serons mariés, vous aussi, vous en
aurez... et des meubles rembourrés, des chaises
élastiques... et tout le bataclan.

Mme TOURNELLE.

Oui, compte sur des meubles élastiques... si
élastiques qu'ils ne tiendront pas grand place,
va.

BÉNÉDICT.

Vous en doutez?

Mme TOURNELLE.

C'est si facile à dire.

BÉNÉDICT.

Et plus facile à faire; car j'ai du courage,
du zèle... et, tenez, v'là-t-y pas l'ouvrage qui
abonde?.. un déménagement, un boudoir à
meubler pour le seigneur du premier.

Mme TOURNELLE.

Le jeune comte russe.

BÉNÉDICT.

Oui, rien que ça... et à mon compte... Si ça
continue, on pourra s'établir avant peu, quitter
sa mansarde du cinquième! Et, au moins, quand
on sortira avec sa petite femme bien pompon-
née, on n'aura pas à rougir de sa toilette, parce qu'elle ne la devra qu'à mon travail et au

sien, et non à des changemens de jambes, ou du moins à des changemens d'amans.

FRANCINE, *travaillant toujours.*

Ah! vous avez raison, Bénédict, et ce tableau que vous tracez est plein de bonheur.

Mme TOURNELLE.

Joli tableau! de la peinture en détrempe! un peu de pluie et n'y a plus rien. (*Aux commissionnaires.*) Ah ça, vous autres, aurez-vous bientôt fini?

1er COMMISSIONNAIRE.

C'est fait, la vieille.

Mme TOURNELLE.

La vieille!.. oh! le peuple!

BÉNÉDICT.

Air : Valse de Robin des bois.

Partez, Messieurs, partez tout d'suite,
Vous pouvez toujours aller d'vant;
J'grimpe à mon cinquième au plus vite,
Et vous rejoins dans un instant.
Prenez garde, car d'la d'moiselle
Le mobilier est des plus beaux;
Mais s'il faisait autant d'chûts qu'elle,
Vous l'lui porteriez en morceaux.

REPRISE ENSEMBLE.

Les commissionnaires sortent; Bénédict remonte chez lui.

∿∿∿∿∿∿∿∿∿∿∿∿∿∿∿∿∿∿∿∿∿∿

SCÈNE III.

Mme TOURNELLE, FRANCINE.

FRANCINE, *se levant.*

Dites donc, maman Tournelle, M. Robleau n'est pas encore venu ce matin?

Mme TOURNELLE, *avec humeur.*

Le cocher! oh! il viendra, va... tu sais bien qu'il ne manque jamais d'entrer en se rendant à la place Cadet.

FRANCINE.

C'est vrai... s'il n'embrassait pas sa petite Francine, comme il m'appelle, il dit ça lui porterait malheur pour toute la journée... quel bon cœur que ce M. Robleau!

Mme TOURNELLE.

Oui, c'est lui qui fait ce beau mariage... voilions, Francine, regarde-moi bien en face... est-ce que tu te sens de l'inclination pour Bénédict?

FRANCINE.

C'est un honnête garçon, que j'estime et que j'aimerai bien sûr quand il sera mon mari.

Air de la Sérénade. (L. Puget.)

J'ai lu, dans ses yeux,
Doux et langoureux,
Que, pour moi, son ame
Est toute de flamme.
Faut l'voir, Dieu merci!
Soupirer ainsi :
Ah! ah! ah! ah!
Comm' son ame est émue!
Ah! ah! ah! ah!
Quand j'parais à sa vue!
Car ce pauvre amant
M'dit si tendrement :
Aime-moi, Francine, je t'aime,
Je t'aime! (bis.)
Car ce pauvre amant

M'dit si tendrement :
Aime-moi de même,
Moi, je t'aime tant!

Mme TOURNELLE.

Ainsi, tu te décideras à épouser un simple garçon tapissier?

FRANCINE.

Même air.

Quoique la grandeur
Complèt' le bonheur,
Beaucoup de tendresse
Compens' la richesse :
Peut-on rebuter
Qui n'cess' de chanter :
Ah! ah! ah! ah!
Son amour, son ivresse,
Ah! ah! ah! ah!
Ma foi, je le confesse,
Oui, lorsqu'un amant,
Fût-il artisan!
Toujours vous répéte : Je t'aime!
Je t'aime! (bis.)
Oui, lorsqu'un amant
Aim' si gentiment,
On finit soi-même
Par l'aimer autant!

Mme TOURNELLE.

J'vois c'que c'est, tu l'épouses comme tu en épouserais un autre.

FRANCINE, *souriant.*

Dam! lui seul m'a demandée, je lui ai donné la préférence.

Mme TOURNELLE.

Et voilà ce qu'on appelle de l'amour en 1839!

FRANCINE.

D'ailleurs, ne suis-je pas aussi une simple ouvrière?

Mme TOURNELLE.

Quelle différence, une jeune et jolie fille peut prétendre à tout.

FRANCINE.

Vous croyez toujours qu'il se présentera quelque banquier ou quelque notaire qui viendront m'offrir leur main et déposer leur fortune à mes pieds.

Mme TOURNELLE, *vivement.*

Ah! mon Dieu! ces événements-là ne sont pas rares... dans la Chaussée-d'Antin, on ne rencontre que ça... des rentiers millionnaires qui attendent les jeunes filles, les bras croisés, pour les épouser; mais il ne faut pas s'amouracher pour ça d'un garçon tapissier.

FRANCINE.

Tenez! vous en voulez à ce pauvre Bénédict.

Mme TOURNELLE.

Moi? du tout... je ne lui reproche qu'un seul défaut... c'est d'être gueux comme un rat d'église... Eh tiens! moi-même qui te parle, si je n'avais pas fait comme toi étant jeune, si je n'avais pas épousé feu Tournelle, j'aurais pu être riche.

FRANCINE.

En auriez-vous été plus heureuse?

Mme TOURNELLE.

Tout ça, c'est des mots... voyons, est-ce que tu n'aimerais pas mieux habiter un bel apparte-ment, boulevard des Italiens, qu'une mansarde du cinquième, rue Coquenard.

FRANCINE.

Il est vrai que ça ne se ressemble guère.

UN DOMESTIQUE, *sortant de chez le comte.*

Attelez le cabriolet de M. le comte.

Il disparaît.

Mme TOURNELLE.

Hein? comme ça résonne!.. attelez le cabriolet!.. Tu ne préférerais peut-être pas aller en landau plutôt qu'en omnibus, porter de belles toilettes, des parures, que du guingam à dix-sept sous l'aune, avoir des laquais, des femmes de chambre plutôt que d'être la servante d'un mari?

FRANCINE.

Mais qui vous dit que Bénédict?

Mme TOURNELLE.

Oui, va, crois aux beaux serments d'amour des hommes... ils doivent être vos esclaves toute la vie, et à peine mariés, ils vous font dé-crotter leurs bottes.

〰〰〰〰〰〰〰〰〰〰〰〰〰〰

SCENE IV.

Les mêmes, LE COMTE.

Le Comte sort de la maison; son domestique vient à lui.

FRANCINE.

Maman, maman, voilà M. le comte.

LE DOMESTIQUE.

Le cabriolet est prêt, M. le comte.

LE COMTE.

Non, Dick, je ne le prendrai pas... allez me chercher une citadine!

LE DOMESTIQUE.

Oui, M. le comte.

Il sort par le fond.

Mme TOURNELLE, *bas à Francine.*

Regarde le diamant qui retient son jabot... quel éclat !.. il éblouit.

LE COMTE.

Eh! c'est madame Tournelle, mon aimable concierge.

Mme TOURNELLE.

Mon aimable concierge... quelles nobles manières !

LE COMTE, *à part.*

Justement la mère du nouvel objet qui me tient au cœur. (*Haut.*) Eh! dieu me pardonne ! voilà aussi son adorable fille.

Mme TOURNELLE.

Comme ces êtres-là s'expriment.

LE COMTE.

AIR : Ses yeux disaient tout le contraire.

Ma chère enfant...

Mme TOURNELLE.

Prancine, voilà son nom.

LE COMTE, *à madame Tournelle.*

Je sais; c'est ainsi qu'on l'appelle.

A Francine.

Mais, en honneur, il vous faut un surnom,
Celui de Francine-la-Belle;
Auprès de vous, on fixerait ses pas
Pour s'y lier par la plus douce chaîne...
Dans mon pays, on n'hésiterait pas
A faire de vous une reine !
Assurément, on n'hésiterait pas,
On ferait de vous une reine.

Mme TOURNELLE.

Une reine !

FRANCINE.

M. le comte est bien honnête...

Mme TOURNELLE.

Mais la France est encore dans la barbarie à ce sujet, Paris surtout.

FRANCINE.

Car des reines de votre pays, on fait tout simplement des fleuristes.

Mme TOURNELLE.

Ou des chamarreuses.

LE COMTE.

Quel meurtre! s'il ne tenait qu'à moi de réformer ces usages ridicules, j'aurais bientôt changé tout cela.

Mme TOURNELLE.

Je sais que dans la patrie de M. le comte, on ne tient pas à l'étiquette ridicule des états de femme.

LE COMTE.

Non certes; et quand une femme nous plait, nous ne connaissons pas de distance.

Mme TOURNELLE.

Comme feu Gusman qui ne connaissait pas d'obstacles.

FRANCINE.

Taisez-vous donc, maman.

Mme TOURNELLE.

Puisque c'est de l'histoire.

LE COMTE, *à part.*

La mère est ambitieuse, la fille coquette, j'aurais bien du malheur si mes vœux, mon amour, mes présens surtout étaient refusés.

LE DOMESTIQUE, *rentrant.*

Quand il plaira à M. le comte, la citadine est à la porte.

LE COMTE.

C'est bien.

Il parle bas au domestique.

Mme TOURNELLE, *à Francine.*

C'est peut-être ton Bénédict qui a cette tournure-là ?

LE COMTE.

Pardon, mesdames, il faut que je vous quitte. (*à part.*) mais je reviendrai bientôt tout tenter pour éblouir et séduire ma gentille grisette. (*haut.*) Mademoiselle, j'ai l'honneur de vous saluer... au revoir, ma bonne Tournelle !

Mme TOURNELLE, *faisant une grande révérence.*

Ah! M. le comte.

AIR : Valse de Jacquemin.

Je suis confus' de tant de politesse;
Les gens huppés sont si fiers ici bas!
Et parce qu'ils nag'nt dans la soi', la richesse,
Aux pauv's concierg's ils ne parl'nt seul'ment pas!

LE COMTE.

Qui, vous, concierge ! oh ! non, mère Tournelle,
Vous rappelez saint Pierre en ce logis ;
Quand on possède une fille aussi belle,
La clef qu'on tient ouvre le paradis.

ENSEMBLE.

LE COMTE.

Non, non, jamais je n'eus une maîtresse
Ayant ces traits et ces charmans appas;

Près de Francine, une grande princesse
En ce moment, ne me tenterait-pas.   Il sort.

Mme TOURNELLE, *le regardant aller.*

Ah! oui, si un particulier comme ça, il y a
trente ans, avait seulement voulu me faire duchesse, il y a long-temps que je ne tirerais plus
le cordon! (*soupirant.*) Aussi, pourquoi ai-je
épousé feu Tournelle?

FRANCINE, *pensive.*

Au fait, c'est bien joli, la richesse!

~~~~~~~~~~~~~~~~~~~~~~~~~~~~~~~~~

SCÈNE V.

LES MÊMES, ROBLEAU.

Il s'arrête un instant au fond pour voir partir le comte.

ROBLEAU.

Bonjour, les enfants de la joie, ça va bien?..
et moi aussi.

FRANCINE.

Bonjour, M. Robleau.

Mme TOURNELLE, *à part.*

Bon, le v'là... que le bon Dieu le patafiole.

ROBLEAU.

Eh ben, et c'te corvée? (*Francine s'approche
et l'embrasse.*) Là!.. y a au moins six courses
dans ce baiser-là!.. j'entre un instant en passant, et pour ne pas manquer à l'habitude, car
j'suis retenu par un monsieur que je vais prendre rue Buffault, et j'n'ai pas grand temps.

Mme TOURNELLE, *vivement.*

En ce cas, allez, allez... faut pas manquer
les affaires, comme vous dites.

ROBLEAU.

Oh! c'est pas à moi qu'on recommandera
l'exactitude... minute.

Air : Du roi de la Calabre.

J' connais mon état, je m'en pique;
Jamais on n'a pu me trouver gris;
J' suis honnête avec la pratique,
Mêm' quand ell' m' chicanu' sur le prix :
Lorsque mon pour-boire fait brosse,
J' prends mes trent' sous sans broncher,
Et s'il faut faire un' course atroce,
Sans rien dire on me voit marcher.
      Fair' mon affaire,
      Voilà ma loi;
      On n' voit guère
      D' cochers comm' moi!

Suis-je à l'heur'? je fais mon ouvrage
Sans prendr' le chemin le plus long;
On n' me surprend pas, s'lon l'usage,
Donnant l' coup d' pouce à mon ognon.
J' roule toujours, et jamais je n' verse,
Non, jamais j! n'accroche une fois....
Et s'il vient à pleuvoir à verse,
Je n' rançonne pas le bourgeois.
      Fair' mon affaire, etc.

Ah ça, j'suis venu aussi pour voir si les amours
vont toujours bien?

FRANCINE.

Toujours, M. Robleau, toujours;

ROBLEAU.

Tant mieux... puisqu'il en est ainsi, mère
Tournelle, y faut nous bâcler cette bénédiction-
là le plus tôt possible.

Mme TOURNELLE.

Nous y voilà... M. Robleau, rien ne presse.

ROBLEAU.

Si fait... et c'est en partie ça qui m'amène,
c'est qu'on cancanne dans le quartier...

Mme TOURNELLE.

On cancanne?

ROBLEAU.

Oui, j'entends ça, moi, sur ma place, quand
j'attends la pratique. On dit comme ça que
dans la maison il y a un jeune seigneur, un
Russe, un boyard, est-ce que je sais.

Mme TOURNELLE.

Eh bien?

ROBLEAU.

Qui en conte à toutes les filles qui sont à
croquer, et comme Francine est affligée de ce
défaut-là... on dit qu'elle n'est pas plus épar-
gnée que les autres.

Mme TOURNELLE.

Ah! l'on dit ça? l'on compte donc ma vigilance pour un zéro?

ROBLEAU.

Votre vigilance, c'est gentil; mais un mari,
c'est encore mieux... N'est-ce pas lui, le comte
russe, qui vient de sortir?

FRANCINE.

Oui, M. Robleau.

Mme TOURNELLE.

Certainement que c'est lui, et aux quelques
mots seulement qu'il vient d'adresser à Francine,
je présuppose qu'il en est amoureux.

FRANCINE, *souriant.*

Oh! quelle idée.

ROBLEAU.

Ça n'a rien de surprenant.

Mme TOURNELLE.

Oh! mais, pas comme vous l'entendez, pas
comme les cancans voudraient vous le faire
croire... il en tient pour Francine, j'en répon-
drais.

ROBLEAU.

Eh bien, quand cela serait, qu'est-ce que ça
peut lui faire?

Mme TOURNELLE.

Qu'est-ce que ça peut lui faire?

ROBLEAU.

Oui... à quoi ça l'avancera-t-il?

Mme TOURNELLE.

C'est-à-dire, que je parie qu'avec un peu de
coquetterie, elle finirait par le fixer, et qu'elle
parviendrait à...

ROBLEAU, *sévèrement.*

Être sa maîtresse.

Mme TOURNELLE.

Son épouse!

ROBLEAU, *haussant les épaules.*

Son épouse!

FRANCINE, *souriant.*

Oui, maman Tournelle croit que ça se fait
comme ça.

Mme TOURNELLE.

Tu ne serais pas la première. On a vu des
servantes devenir impératrices... en Russie, surtout... c'est très commun... Voyez M. Pierre-le-
Grand qui épousa une marchande de cassis de
son armée.

ROBLEAU.

C'est possible ; mais vous me permettrez de
vous dire, madame Tournelle, qu'en fait d'hy-
ménée, vous raisonnez comme un chou frisé.

Mme TOURNELLE.

M. Robleau.

ROBLEAU.

Ne vous fâchez pas !.. je veux seulement dire
que sans attendre les princes et les empereurs,
il faut la marier au garçon tapissier.

Mme TOURNELLE.

Cependant....

ROBLEAU.

C'est plus sûr et moins trompeur.

Mme TOURNELLE.

C'est bien, c'est bien... on verra.

ROBLEAU, *à part.*

Les cancans n'avaient pas tort, et j'ai bien fait
d'avoir l'œil à ça. (*Haut.*) Au revoir, madame
Tournelle... à tantôt, ma petite Francine, je reviendrai (*bas.*) voir l'amoureux et presser les
ustensiles.

AIR : Désormais, plus d'absence.

Avant peu, sur mon ame,
J' te l'ai dit ;
Francin', tu s'ras madame
Bénédict !

Mme TOURNELLE.

Oui , mais c' beau mariage
D'vant les rendre malheureux ,
Ne s' f'ra pas...

ROBLEAU.

Si... je l' gage...
Car j' vous en pri'... Je l' veux.

REPRISE.

~~~~~~~~~~~~~~~~~~~~~~~~~~~~~~~~~~

SCÈNE VI.

MADAME TOURNELLE, FRANCINE, *puis*
BÉNÉDICT.

Mme TOURNELLE.

Je le veux... cocher de fiacre !

FRANCINE.

Vous voyez, maman, M. Robleau est de mon
avis.

Mme TOURNELLE, *avec humeur.*

Robleau ! Robleau ! il n'y voit pas plus loin
que son nez... tandis que moi, je connais le
monde... je l'ai autrement observé que du haut
d'un siége de citadine... que diable ! je n'ai pas
tiré le cordon pendant dix-neuf ans pour des prunes de reine Claude !.. Robleau toujours Robleau !

AIR de l'Apothicaire.

Il fait toujours le sermonneur,
Et débite force bêtises...

FRANCINE.

Vous le jugez avec rigueur.
Il est prudent , quoiqu'on en dise.

Mme TOURNELLE.

A s'écouter parler il a
Des jouissances sans pareilles...
Je le conçois... il a pour ça
La bouche assez près des oreilles.

BÉNÉDICT, *descendant de chez lui, son tablier
et son marteau à la main.*

Là... voilà mes outils... je vais en abattre de
c't'ouvrage !

Mme TOURNELLE, *à part.*

Comment ! je ne pourrai pas empêcher ce
maudit mariage !

BÉNÉDICT, *à Francine.*

Est-ce que ce n'est pas M. Robleau que j'ai
vu de mon colombier ?

FRANCINE.

Oui, c'est lui... il reviendra bientôt.

BÉNÉDICT.

Quel brave homme !

FRANCINE.

Oh ! oui, c'est un brave homme.

Mme TOURNELLE, *à part.*

Quelle idée ! si je profitais de l'absence du
cocher pour leur apprendre la grande affaire.

BÉNÉDICT.

Pour ce qui est de la probité, de l'honneur et
de toutes les vertus connues sous le globe, il peut
se mettre dans le toupet qu'il est le coq des cochers de fiacre.

Mme TOURNELLE, *à part.*

C'est cela, ils ne voudront peut-être plus ni
l'un ni l'autre... c'est cela même.

BÉNÉDICT.

Allons... je m'en vas vite pour revenir plus
tôt.

Il va pour sortir.

Mme TOURNELLE.

Bénédict, arrêtez... je vous dois à tous deux la
révélation d'un secret.

BÉNÉDICT et FRANCINE.

Un secret !

Mme TOURNELLE.

Et je dis un énorme... il y a dix-sept ans qu'il
est renfermé dans ma poitrine de femme.

BÉNÉDICT.

Et il ne l'a pas étouffée !

FRANCINE.

Nous vous écoutons.

Mme TOURNELLE.

Vous saurez donc qu'il y a dix-sept ans...

~~~~~~~~~~~~~~~~~~~~~~~~~~~~~~~~~~

SCÈNE VII.

LES MÊMES, LOUISE, *portant un petit panier et
deux pots à lait.*

LOUISE, *entrant par le fond.*

Tenez, madame Tournelle, voilà votre lait
que la laitière m'a prié de vous donner.

Elle dépose un pot sur le banc près de la loge.

Mme TOURNELLE.

C'est bien, merci. (*à part.*) Ça allait si gentiment... il fallait qu'elle vienne !

BÉNÉDICT.

Eh ! c'est ma gentille voisine du cinquième !..
Bonjour, mamzelle Louise.

LOUISE.

Bonjour, M. Bénédict.

FRANCINE, *arrêtant Louise.*

Où vas-tu donc ?

LOUISE.

Monter mes cinq étages, faire mon café et dé-
jeûner bien vite.

FRANCINE.

Reste donc, maman allait nous conter un
grand secret.

Mme TOURNELLE, *à part.*

La sotte !

LOUISE.

Un grand secret !... ah ! oui, mais mon feu
ne s'allumera pas, et mon café ne se fera pas
pendant ce temps-là.

FRANCINE.

Reste donc, je te dis; nous le ferons avec le
nôtre, et tu déjeûneras avec nous.

LOUISE.

Ah ! je veux bien. (*Bénédict la débarrasse de
son pot et de son panier.*) Ah ! ça mais, il n'y a
pas d'indiscrétion, au moins?

Mme TOURNELLE.

Non, non. (*à part.*) Au fait, c'est son intime...
Francine lui conte tout, il faudra bien que tôt ou
tard...

BÉNÉDICT.

Mère Tournelle, nous vous écoutons.

Mme TOURNELLE.

Prêtez-moi toute votre attention... toi surtout,
toi, Francine, qui m'a toujours cru ta mère.

TOUS.

Comment !

Mme TOURNELLE, *avec explosion.*

Je ne la suis pas... je ne l'ai jamais été.

BÉNÉDICT, *à part.*

Tiens ! ça me va... Francine peut pas perdre
au change, ainsi, ça me coiffe. (*Haut.*) Voyons
qui l'a créée et mise au monde?

FRANCINE.

Ah ! oui, maman, à qui dois-je le jour, dites,
le savez-vous?

Mme TOURNELLE.

Hélas ! non, mon enfant... il y a dix-sept ans...

BÉNÉDICT.

Connu, connu... il était une fois...

Mme TOURNELLE.

Un soir qu'il pleuvait à verse, Robleau le cocher traversait la rue St-Dominique, quand un
homme d'assez bonne mine, qui portait un paquet sous l'bras et pas de parapluie, l'arrête,
monte dans sa voiture et dit : « Cocher, à la
barrière du Trône. »

BÉNÉDICT.

Plus que ça de course ! Robleau n' veut pas
marcher.

Mme TOURNELLE.

Il s'agit bien de cela... Robleau n'dit rien...
seulement, parvenu à la destination, il descend,
ouvre la portière, et qu'est-ce qu'il voit? plus
de monsieur... mais à sa place...

BÉNÉDICT.

Une dame...

Mme TOURNELLE.

Eh non !.. quelque chose d'enveloppé dans
un mouchoir... Robleau l'ouvre, et devinez ce
qu'il trouve dans le mouchoir?

BÉNÉDICT.

Le reste d'la douzaine?..

Mme TOURNELLE.

Un enfant !

TOUS, *avec étonnement.*

Un enfant !

Mme TOURNELLE.

Et cet enfant, c'était Francine... Robleau ne
fait ni une ni deux, il va faire sa déclaration ;
mais quand il s'est agi de placer l'innocente
créature, Robleau n'y a jamais voulu consentir.

TOUS.

L'honnête homme !

Mme TOURNELLE.

Il m'apporta dans le coin de son carrick le
pauvre enfant trouvé, qui fut, depuis ce jour,
élevé comme ma fille.

FRANCINE, *émue.*

Ah ! vous serez toujours ma mère, vous qui
m'avez tenu lieu des parens qui m'abandonnaient
si cruellement.

Mme TOURNELLE.

N'en dis pas de mal, ma pauvre Francine, car
un papier trouvé sur toi, marque qu'ils ne t'a-
bandonnaient que parce qu'ils étaient forcés de
fuir à l'étranger.

FRANCINE.

Ainsi, ils existent ! ils existent loin de moi !..
et pas d'autre indice.

Mme TOURNELLE.

Pas d'autre... si ce n'est que le mouchoir dans
lequel on t'a trouvée, était marqué A et B. V'là
tout.

BÉNÉDICT.

A B ?.. c'est peut-être la fille d'un... c'est égal,
c'est bien vague... Il n'y a guère de facteur qui
trouverait cette adresse-là. N'importe , mère
Tournelle, vous êtes une brave femme !

LOUISE, *émue.*

Oh ! oui, mère Tournelle, vous êtes une brave
femme, et j'ai du plaisir à vous le dire.

FRANCINE, *l'embrassant.*

Ma mère, ma seule et vraie mère ! oh ! toute
ma vie ne suffira pas pour m'acquitter envers
vous.

Mme TOURNELLE, *s'essuyant les yeux.*

Mes enfans... mes enfans... vous m'attendris-
sez... je n'ai fait que mon devoir.

TOUS.

Oh ! non.

Mme TOURNELLE.

Oh ! si.

TOUS.

Oh ! non.

Mme TOURNELLE.

Oh ! si... je m'y étais engagée sur l'honneur et
pour douze francs par mois, que lui, Robleau,
s'obligeait à me payer.

LOUISE, *surprise.*

Comment !

BÉNÉDICT.

Il vous a donné douze francs?

Mme TOURNELLE.

Il n'y a jamais manqué.

BÉNÉDICT, *à part.*

Je disais aussi....

Mme TOURNELLE.

Excepté pourtant quand il m'a payé plus...
oui, quand Francine est devenue plus grande,
jusqu'à ce qu'elle pût se suffire, enfin...

FRANCINE, *attendrie.*

Comment, c'est à lui que je dois ?..

LOUISE.

Ah ! ça mais, depuis que Francine gagne
beaucoup plus que sa suffisance, il me semble...

Mme TOURNELLE, *avec dignité.*

Oh ! alors, j'ai consenti à lui donner mes soins
maternels gratis... attendu que des soins maternels, ça ne peut jamais se payer.

BÉNÉDICT, *à part.*

As-tu fini?

M᷄ᵐᵉ TOURNELLE, *avec intention.*

V'là c'que j'avais à vous apprendre ; v'là c'que
Robleau aurait dû vous dire lui-même ; car enfin, il n'en faut pas plus pour empêcher un mariage.

BÉNÉDICT.

Oh! c'est pas ça qui empêchera le nôtre,
toujours.

Mᵐᵉ TOURNELLE.

Oui, mais Francine ignore à qui qu'elle doit
le jour.   **BÉNÉDICT.**

Eh bien?

Mᵐᵉ TOURNELLE.

Elle ignore si elle ne peut prétendre à une
union soignée... car enfin, si ses parens étaient
des gens cossus, opulens? si son père était plein
de noblesse et couvert de dignités?

BÉNÉDICT.

Je lui conseillerais de s'en vanter, après l'a-
bandon de cette pauvre petite.

Air de Téniers.

Qu'un malheureux dans l'indigence,
Ait recours à la grand' maison,
Dieu prend pitié de sa souffrance...
Peut-être il aura son pardon ;
Mais qu'un gros richard abandonne
La créatur' qu'il doit chérir,
C'est un crim'... rien ne le pardonne.
Et l' Code est là pour le punir.
Oui, l' Code est là pour le punir.

LOUISE.

M. Bénédict a raison.

Mᵐᵉ TOURNELLE.

Mais savez-vous s'il a pu agir autrement, si la
politique et les révolutions *n'a* pas fait des sien-
nes? savez-vous si à l'heure qu'il est, le pauvre
cher homme n'est pas exilé à la Jamaïque ou
dans la Forêt-Noire?

BÉNÉDICT.

Rais n de plus pour ne pas attendre son re-
tour, et rendre sa fille heureuse.

Mᵐᵉ TOURNELLE.

Oh! heureuse!

BÉNÉDICT.

J'voudrais ben voir que quelqu'un me dise le
contraire à trois pouces du nez... Est-ce que
vous en douteriez, Francine?

FRANCINE.

Non, mon bon Bénédict ; je suis sûre qu'il ne
dépendra pas de vous que je ne sois contente de
mon sort.

BÉNÉDICT.

A la bonne heure... vous me rendez justice.

Mᵐᵉ TOURNELLE, *à part.*

Je n'ai pas réussi.

On entend la voix de Robleau, qui fait claquer son
fouet en dehors.

LOUISE, *remontant la scène.*

Eh! c'est lui! c'est M. Robleau.

SCENE VIII.

LES MÊMES, ROBLEAU.

BÉNÉDICT.

Robleau! Où est-il, le modèle des hommes, le
roi des cochers.

Mᵐᵉ TOURNELLE.

Il arrive bien.

ROBLEAU, *paraissant.*

Me v'là, mes enfans, me v'là.

LOUISE.

Ah! nous vous attendions avec impatience.

BÉNÉDICT.

Oh! *voui!* oh! *voui!* oh! *voui!*

ROBLEAU.

Et pourquoi donc ça, bon Dieu?

FRANCINE.

Pourquoi? pourquoi? pour vous embrasser
d'abord, mon bon, mon excellent Robleau.

Elle saute à son cou.

ROBLEAU.

Ah! c'est pour ça?

LOUISE, *attendrie.*

Ah! M. Robleau! voulez-vous aussi me per-
mettre?

ROBLEAU.

Si je le veux? faudrait être bien dégoûté. *(Il
l'embrasse.)* Seulement, si j'avais su ça j'aurais
fait ma barbe.

BÉNÉDICT.

Ah! Robleau! j'y tiens plus, faut que je
vous embrasse aussi.

Il lui saute au cou.

ROBLEAU.

Aïe, aïe, tu m'étouffes... aïe, aïe, eh! le dos!

BÉNÉDICT, *le serrant davantage.*

N'faites pas attention... c'est mon marteau!

ROBLEAU, *suffoqué.*

Ah! là, là... c'est pas un amour, c'est une
rage... Ah ça, me direz-vous maintenant pourquoi vous m'avez embrassé, choyé, étouffé, échi-
gné?

FRANCINE.

Vous me le demandez, vous, qui n'avez con-
sulté que votre cœur, votre générosité...

ROBLEAU.

Si je comprends un mot à tout cela?

BÉNÉDICT.

Oui, faites donc l'âne pour avoir du son.

LOUISE.

Ah! votre conduite, M. Robleau, est d'une
belle âme.

FRANCINE.

Que je vous embrasse donc encore.

ROBLEAU.

Ça y est... à mort. *(Elle l'embrasse.)* Mais
encore une fois...

BÉNÉDICT.

Nous savons tout.

Mᵐᵉ TOURNELLE.

Eh! oui, ils savent tout.

LOUISE.

Un soir qu'il pleuvait.

BÉNÉDICT.

Il y a dix-sept ans.

FRANCINE.

Un pauvre enfant abandonné.

BÉNÉDICT.

Dans un mouchoir de poche.

ROBLEAU.

Ah! j'vois qu'la mère Tournelle a jacassé.

BÉNÉDICT.

Eh! oui, qu'on vous dit... Elle a mangé le
morceau.

ROBLEAU.

Il n'était pas encore temps ; mais enfin, c'est fait, c'est fait... Et c'est pour ça que vous me tripotiez de la sorte? j'ai t'y pas commis une belle prouesse ! si j'ai manœuvré comme ça, c'est par *egoïste*.

BÉNÉDICT.

En v'là une criminelle.

ROBLEAU.

On dit que d'faire du bien, ça porte bonheur, j'ai voulu en essayer, et ça m'a réussi qu'on aurait juré que j'avais le talisman de Débureau, toujours roulant, quoi ! j'avais beau avoir des chevaux... Ah ! les pauvres bêtes ! des harengs saurs attelés à un égrugeoir... c'est tout d'même.

BÉNÉDICT.

Oh ! cocher sans pareil, je t'admire !

ROBLEAU.

Et puis, moi-même, j'ai été élevé par des pauvres gens qui sont là haut, et en rendant à Francine ce qu'ils ont fait pour moi, il me semblait que ça m'acquittait envers eux.

FRANCINE.

Bon Robleau !

BÉNÉDICT.

Et l'on ne lui érigera pas un piédestal pour le mettre dessus.

ROBLEAU.

Une colonne... c'est ça qui m'amuserait !

LOUISE.

C'est d'autant plus méritoire que dans ce temps là vous deviez être fort jeune ?

ROBLEAU.

Ah ! mon Dieu ! j'avais l'âge d'une pièce vingt sous... c'qui m'fait courir bride abattue sur mes trente-huit ans... Ah ça, mère Tournelle, vous avez jasé, j'vous en veux pas, vous avez gardé un secret dix-sept ans... pour une femme, une portière, c'est gentil ! Devrait même y avoir des récompenses pour ces choses-là ?

BÉNÉDICT.

C'est pour vous, homme incomparable, qui devrait y en avoir des récompenses, des médailles !

ROBLEAU.

C'est pas tout ça... mère Tournelle, puisque tout est convenu, c'est une raison pour en finir tout de suite.

Mme TOURNELLE.

Vous y tenez donc toujours?

ROBLEAU.

Comment, si j'y tiens ? à moins pourtant que ce qu'il vient d'apprendre n'ait fait changer d'avis à Bénédict.

BÉNÉDICT.

Ah ! père Robleau ! dites-moi les choses les plus venimeuses, mais ne me dites pas ça !

ROBLEAU.

En ce cas, faut bâcler ça et le plus tôt possible, n'est-ce pas, mère Tournelle?

Mme TOURNELLE, *sèchement*.

Dame ! je n'ai aucun droit sur Francine... je l'ai élevée, éduquée, c'est vrai, mais...

ROBLEAU.

Que diable ! vous prenez la chèvre pour rien.. je n'insiste que parce qu'ils s'aiment.

Mme TOURNELLE.

Oh ! ils s'aiment ?

BÉNÉDICT.

Si nous nous aimons? demandez à mamzelle Louise, ma voisine, si j'aime ma Francine ?

LOUISE.

Ah ! ça, c'est vrai... je suis sa confidente. (*à part.*) Rien que sa confidente !

BÉNÉDICT.

Et pour ma Francine , elle m'a donné assez de preuves que je ne lui suis pas indifférent , quand ce ne serait que pendant ma longue maladie.

LOUISE, *bas à Bénédict*.

Quelle indiscrétion !

FRANCINE, *étonnée*.

Je ne comprends pas.

Mme TOURNELLE et ROBLEAU.

Qu'est-ce donc?

BÉNÉDICT, *hésitant*.

Rien, rien, mais j'ai bien vu l'intérêt qu'elle me portait dans ma convalescence.

LOUISE, *bas à Bénédict*.

C'est ça, c'est ça.

FRANCINE.

N'était-ce pas tout naturel ?

BÉNÉDICT.

Oh ! non, ce n'était pas tout naturel de... (*bas à Louise, qui lui fait signe de se taire.*) J'suis bête ! j'oublie toujours qu'il ne faut pas que la vieille sache...

Mme TOURNELLE.

Après tout, Francine, t'es assez grande pour savoir ce que t'as à faire, maintenant surtout que t'ignores ta famille... Quant à moi, je m'en lave les mains, comme a dit monsieur Pilate, avant la vapeur... J'vas faire le café.

Elle s'empare des pots de lait et entre brusquement dans sa loge.

~~~~~~~~~~~~~~~~~~~~~~~~~~~~~~~~~~~~~~~

SCÈNE IX.

LES MÊMES, excepté Mme TOURNELLE.

BÉNÉDICT.

Je ne sais ; mais notre projet n'a pas l'air de la rendre folle d'ivresse ?

FRANCINE.

Ce n'est pas étonnant, elle rêvait un superbe avenir pour moi.

ROBLEAU.

Et faut pas trop lui en vouloir, elle chérit tant sa fille adoptive, qu'elle aurait désiré lui voir épouser un argent de change, un huissier ou un commissaire de police.

BÉNÉDICT, *se redressant*.

Le tapissier a bien ses charmes.

FRANCINE.

Tout-à-l'heure, est-ce qu'elle ne disait pas que je pourrais être princesse !

LOUISE.

Vraiment !

ROBLEAU.

En v'là d'la bêtise ! (*à part.*) J'crois qu'il n'est que temps de lâcher l'autre calembourg à Francine.

FRANCINE.

Bien plus... elle assurait que le jeune comte russe était amoureux de moi !

BÉNÉDICT.

Je voudrais bien voir ça... j'te le secouerais, l'cosaque !

ROBLEAU.

Allons, calme-toi, M. Vésuve !

FRANCINE.

Il n'y pense seulement pas... elle va plus loin, elle disait que sans mon mariage avec vous, elle était sûre qu'il m'épouserait.

BÉNÉDICT.

Allons, décidément elle est toquée.

ROBLEAU.

Oui, mais j'vas mettre ordre aux affaires.

BÉNÉDICT.

C'est ça, montrez que vous n'ètes pas un fruit confit.   **ROBLEAU.**

Aussi bien, Francine, t'aurais tort de donner dans tous les songes creux de la mère Tournelle, et d'espérer retrouver tes parens sur les hauteurs du mont Saint-Bernard ; car de tout ce qu'elle t'a raconté de ta naissance, il n'y a rien de vrai.

LOUISE et FRANCINE.

Il se pourrait.

BÉNÉDICT.

Comment ! c'était des colles !

ROBLEAU.

A peu près... tes père et mère, Francine, sont là-bas où ils nous attendent tous.

FRANCINE.

Ils ne sont plus ! et vous les avez connus, M. Robleau ?   **ROBLEAU.**

Un peu, j'm'en flatte... car c'était de braves gens !

LOUISE.

Mais alors, quel motif vous a fait dire à madame Tournelle...

ROBLEAU.

Ah ! voilà... j'la connaissais... en qualité de portière, elle ne se contente pas de lire des romans, elle en fabrique. En lui disant tout uniment : Mère Tournelle, v'là une pauvre enfant qu'est orpheline, chargez-vous-en... j'ai pensé que ça ne sentirait rien, j'y ai composé l'histoire en question, et vous voyez que ça a réussi.

BÉNÉDICT.

C'est que ça y est !

ROBLEAU.

Elle attendait toujours les parents de Francine dans de grands personnages, elle les attend encore ; laissons-la les attendre toujours.

FRANCINE.

Mais mon père, ma mère? M. Robleau, parlez m'en !   **ROBLEAU.**

Ton père était un ouvrier de mes amis qui mourut peu de temps avant ta naissance... et ta mère, ta pauvre mère, ne tarda pas à le suivre.

AIR : Je n'verrai plus la France, ma patrie.

Ell' m'fit appl'er à son heure dernière,
Et dit : « Robleau, vous fûtes notre ami ;
Bientôt c'tt' enfant n'aura plus qu' vous sur terre ;
Au nom du ciel, ah ! soyez son appui.
Aux orphelins, en la plaçant vous-même,
Rappelez-lui quéqu'fois mon souvenir...
Car, je le sens à ma souffrance extrême,
Dans un instant, hélas ! je vais mourir.
Oui, je le sens, bientôt je vais mourir.

FRANCINE, *pleurant.*

Et moi qui vous accusais, ma mère, ma pauvre mère !

Bénédict presse Robleau dans ses bras ; la Tournelle sort de sa loge et les aperçoit.

~~~~~~

SCÈNE X.

Les Mèmes, Mᵐᵉ TOURNELLE.

Mᵐᵉ TOURNELLE.

Eh bien, on pleurniche, on s'embrasse encore ?

BÉNÉDICT, *embarrasse.*

Moi ?... je demande l'heure qu'il est.

ROBLEAU.

Midi et demi.

Mᵐᵉ TOURNELLE.

Et moi, j'viens vous annoncer que le café est prêt.

ROBLEAU.

Et nous, pensant que vous l'avez confectionné, nous venons de fixer le jour de la noce.

Mᵐᵉ TOURNELLE.

Ah !

ROBLEAU.

Et il faut que dans huit jours tout soit expédié.

Mᵐᵉ TOURNELLE.

Vous en êtes le maitre.

BÉNÉDICT.

Oh ! oh ! heureux tapissier !

Mᵐᵉ TOURNELLE, *à part.*

La v'là tapissière ! (*Haut.*) Dieu veuille qu'un jour les parens de Francine ne vous reprochent pas cette mésalliance !

ROBLEAU.

Ah ! pour ça, je suis tranquille et je suis sûr de leur consentement... s'ils étaient là...

BÉNÉDICT.

Non, mais concevez-vous ma chance : près de ma petite femme, de mon ami, son père d'adoption, et de vous aussi, mère tant pire... car vous finirez par me chérir.

Mᵐᵉ TOURNELLE, *sèchement.*

C'est déjà fait !

BÉNÉDICT.

Et de notre bonne Louise, ma voisine ; bien plus, l'amie d'enfance de ma future... Crédié ! crédié ! le roi n'est pas mon cousin.

AIR : De Céline.

Tout marche au gré de mon envie,
De ma Francin' je serai le mari...
A Louise.
Puisque vous êtes son amie,
J'espère être le vôtre aussi...
Cette faveur, je la réclame,
Pour que rien n' manque à mon bonheur,
Quand Francine devient ma femme,
Vous, Louise, soyez ma sœur.

D'un côté, il donne le bras à Francine, et de l'autre il tend la main à Louise, qui a de la peine à cacher son trouble.

~~~~~~

SCÈNE XI.

Les Mèmes, LE COMTE.

ROBLEAU.

Eh ben, mes enfans, nous v'là tous contents, n'est-ce pas ?

TOUS.

Oui, oui.

LE COMTE, *entrant.*
Mon Dieu ! quelle réunion.

ROBLEAU·
Vous voyez, monsieur le comte.

FINAL.

AIR : final du 1er acte de Madelon Friquet.

ENSEMBLE.

BÉNÉDICT.
Ah ! dans cet heureux mariage,
Le bonheur s'ra not' partage.
Je vois donc, en ce jour,
Couronner mon amour.

ROBLEAU et LOUISE.
Ah ! dans ce charmant mariage,
Le bonheur s'ra leur partage !
Ils vont voir, en ce jour,
Couronner leur amour.

FRANCINE.
Je crois que dans ce mariage
Le bonheur s'ra not' partage.
Bénédict, en ce jour,
A pour moi tant d'amour !

Mme TOURNELLE.
Ah ! dans cet affreux mariage,
Le malheur s'ra leur partage.
J' les verrai, de leur amour,
Se repentir un jour !

LE COMTE.
Dussé-je parler mariage,
Je réussirai, je gage ;
Et je vais, en ce jour,
Déclarer mon amour.

ROBLEAU, à *Francine.*
Que t'ai-je dit ? ensemble on va vous marier.

LE COMTE, *s'avançant.*
Qu'entends-je !.. Ici, qu'est-ce qui se marie ?

BÉNÉDICT.
Moi, donc... et j' trouve assez jolie
Cell' que j' dois m'ner à la mairie...
Bas, à *Louise.*
J' suis pas fâché qu'il sache ça...

LE COMTE, à *part.*
Le rustre ! il rit en m'apprenant cela !

Mme TOURNELLE, *bas*, à *Robleau.*
J'enrage ! n'est-ce pas un crime ?
Aller donner en légitime,
A ce manant,
Cette fill', cette chère enfant !

LE COMTE.
Eh ! quoi, vraiment, belle Francine,
Ce serait là le sort qu'on vous destine ?

FRANCINE.
Oui, monsieur le comte, et c' mariage
Prouv' que les rein's de vot' pays
Ne trouvent pas toujours à Paris
L' même avantage.

ROBLEAU, à *Bénédict.*
Filons promptement,
Et vite à l'ouvrage !

BÉNÉDICT.
J' suis trop content !
Le ciel ici me favorise ;
Vraiment, tout marche à ma guise ;
C'est dans huit jours, mademoiselle Louise !

LE COMTE, à *part.*
Huit jours !..

LOUISE, à *part.*
Tant mieux !
Qu'ils soient heureux !

BÉNÉDICT.
Je s'rai fier de ma femme !

LOUISE, à *part.*
Quel amour !

FRANCINE.
Ah ! quelle ame !

BÉNÉDICT, à *Francine.*
Mon bijou ! mon trésor !

LE COMTE, à *part.*
Oui, mais elle n'est pas encor
Ta femme.

REPRISE DE L'ENSEMBLE.

Pendant la musique, ils se séparent ; Louise et Francine vont entrer dans la loge de la portière ; Robleau entraîne Bénédict par le fond ; la Tournelle fait de grandes révérences au comte, qui est arrêté sur le seuil de la maison, occupé à regarder Francine.

Le rideau tombe.

ACTE DEUXIÈME.

Le Théâtre représente la façade du cinquième étage avec les combles au-dessus. Du côté gauche est la chambre de Louise ; à droite, celle de Bénédict ; un balcon occupe toute la largeur de la scène ; une grille en fer le divise au milieu ; le premier plan du Théâtre, entièrement ouvert, laisse apercevoir les étages inférieurs.

SCÈNE PREMIÈRE.

BÉNÉDICT, *seul, dans sa chambre.*

Là, v'là mon appartement tout prêt à recevoir ma petite femme, ma petite Francine !.. et quand elle y sera installée, oh ! alors, ce sera notre petit ciel à tous les deux, notre jardin des Plantes sous les toits... tout ce qui fait la félicité de la vie, réunis dans huit pieds carrés.

AIR de la femme à Beauvais.

Ah ! oui, vraiment, et sans exagérer,
Monsieur Rothchild n'est pas plus à son aise ;
Dans chaque meuble on pourrait se mirer ;
C'est une glace, et, ne vous en déplaise,
Pas d'fauteuils, pas d' divan, encor moins de tapis,

Point d'pendul', point d' tableaux, point de brillans
lambris,
Mais un' table, trois chais's, des rideaux d' calicot,
Et d' la place, avec ça, pour un petit marmot...
Enfin, ma chambr', mon salon,
Est une boîte à bonbon...
Il n'y manqu' plus que mon objet,
Et tout ça fait,
Un mobilier complet !
Oui vraiment (bis), l' mobilier est complet.

Se penchant sur son balcon.

Et quelle vue ! il n'y a pas à dire, quoi ! la colonne Vendôme vous va à la cheville.

Sans se gêner l'on découvr' tout Paris,
Et ses clochers, ses toits, ses cheminées ;
C'est là, pour moi, l' panorama gratis,

Que je m' procur' dans les belles journées.
Ramoneurs et couvreurs, hirondell's et maçons
Vienn'nt aussi d' tems en tems m' visiter sans façons.
Quand l' soleil à ma f'nêtr' se présent' le matin,
Je le r'çois, je l'accueille et l' traite en bon voisin.
 Enfin, ma chambr', mon salon,
 Est une boîte à bonbon.
Il n'y manqu' plus que mon objet,
 Et tout ça fait
 L' séjour le plus parfait.
 Oui vraiment (*bis*), mon séjour est parfait.

Maintenant, arrangeons mes tables. (*On frappe*)
Entrez; tiens, c'est vous... bravo!

SCÈNE II.

BÉNÉDICT, LE TAILLEUR.

Il porte un paquet sous le bras.

BÉNÉDICT.
Vous m'apportez mon habit?

LE TAILLEUR, *l'accent allemand très prononcé.*
Je viens vous l'essayer, du moins.

BÉNÉDICT.
Ah! j'espère que vous m'avez tapé ça aux oiseaux.

LE TAILLEUR, *ouvrant son paquet.*
C'est-à-dire, monsieur, qu'un millionnaire ne pourrait être mieux mis que vous n'allez l'être.

BÉNÉDICT.
Un millionnaire? plus que ça de luxe!

LE TAILLEUR, *le lui remettant.*
Voici d'abord votre gilet.

BÉNÉDICT, *l'examinant.*
Oh! j' l'ai déjà essayé, ainsi que le pantalon... J' sais qu'ils m'vont bien... gilet piqué.. pas piqué des... et pas de châle!.. Ah ça, vous m'avez mis des *dessous* de pieds?

LE TAILLEUR.
Voyez.

Il lui fait voir le pantalon.

BÉNÉDICT.
Merci!.. des *dessous* de pieds; collant et à guêtres... on sera un peu rupin!

Il l'étale sur une chaise.

LE TAILLEUR.
Maintenant, voilà votre habit... vous pouvez vous vanter qu'il vous dessine la taille.

Il lui présente un habit extraordinairement large et bâti seulement.

BÉNÉDICT, *ôtant sa veste.*
Je suis prêt à me laisser dessiner. (*Il passe l'habit sans manches.*) Oh! oh! vous vous êtes trompé, ce n'est pas ça... donnez-moi mon habit...

LE TAILLEUR.
C'est bien celui-ci... je n'en ai qu'un.

BÉNÉDICT.
Comment, c'est le mien? mais je vous ai demandé un habit pour un.

LE TAILLEUR.
Eh bien?

BÉNÉDICT.
Vous me donnez un habit de famille... ah! mon ami, pas moyen; il y a trop de place... j' peux y loger à l'aise mes garçons d'honneur... un véritable omnibus... complet!

LE TAILLEUR.
Ça vous fait cet effet là... mais quand il sera pincé un peu...

BÉNÉDICT.
Oh! un peu... excusez! (*Croisant l'habit et désignant le dessous des bras.*) C'est donc là que vous mettrez les boutons?

LE TAILLEUR.
Et puis, lorsque les manches y seront... Tenez, permettez...

Il lui essaie une manche qui se trouve être extrêmement petite.

BÉNÉDICT.
Ah! c'est différent... Qu'est-ce que c'est que ça?.. un étui de clarinette.

LE TAILLEUR.
Ne faites pas attention... en baissant un peu ceci... vous voyez, comme ça... les paremens se portent longs.

BÉNÉDICT.
Il me faudrait des paremens comme des tiges de bottes.

LE TAILLEUR.
Soyez tranquille, je vois ce qu'il y manque.

BÉNÉDICT.
Non, il ne manque rien à l'habit... (*Ils se mettent à deux pour retirer la manche; Bénédict a beaucoup moins de peine pour ôter l'habit.*) Voulez-vous que je vous dise, vous me faites l'effet d'avoir taillé les manches sur le nain et l'habit sur le géant du Cirque!

LE TAILLEUR.
Soyez tranquille.

BÉNÉDICT.
Soyez tranquille! soyez tranquille! Arrangez-vous comme vous voudrez; mais s'il ne me va pas bien, je vous l' laisse, et je vas au Temple trouver les *Décrochez-moi ça.*

LE TAILLEUR, *remettant l'habit dans son paquet.*
Je vous réponds que votre habit vous ira comme un gant... Bonjour!

Il sort.

BÉNÉDICT.
Au plaisir... (*Bruit dans l'escalier.*) Allons, bon, il dégringole... (*Criant.*) Prenez donc garde, il y a trois pas... Est-il bête, ce Normand là! Ah ça! où en étais-je quand il est venu?.. ah! à mes tableaux.

Il plante un clou dans le mur.

SCÈNE III.

BÉNÉDICT, LOUISE, *entrant chez elle.*

LOUISE, *à elle-même.*
Ah! mon Dieu! quel changement M. Bénédict fait chez lui... il bouscule tout...

BÉNÉDICT.
Là! ici *Atala* et *Chactas.* (*Il s'approche du balcon pour épousseter le tableau qu'il contemple.*) Comme c'est tendre et sentimental! Les v'là sur l'eau ensemble, n'ayant pour bateau qu'une planche pourrie.... ils ont l'air de chanter:

« Et vogue la nacelle qui porte mes.....»

LOUISE, *tristement.*

Au fait, il n'a pas trop de temps pour préparer sa chambre, puisque c'est après-demain...

BÉNÉDICT, *tenant un autre tableau.*

Voici autre chose : *la Bataille d'Austerlitz.*
(Chantant) :

> Ah! qu'on est fier d'être Français,
> Quand on r'garde l' quai d' la Ferraille.

LOUISE, *soupirant.*

Allons, Louise, il ne faut pas envier le bonheur d'autrui, ça n'est pas bien, et on souffre trop.

Elle se dispose à mettre la chambre en ordre.

BÉNÉDICT, *un autre tableau à la main.*

Ah! ah! voici le plus gentil : *l'Amour piqué par une abeille.* Gredin de Cupidon, va! qui s'amuse à cueillir des fleurs... *(Chantant) :*

> Tu n'auras pas ma rose,
> Tu n'auras pas...

C'est ce tableau surtout qui flattera ma femme, à cause de l'apologe.

LOUISE, *après avoir réfléchi de nouveau.*

Achevons notre ménage, ça vaudra mieux que d'aller penser...

Elle apprête sur la table tout ce qu'il faut pour repasser, va et vient et disparaît de temps en temps.

BÉNÉDICT, *regardant autour de lui.*

Ma parole d'honneur! on dirait le muséum de Versailles... en petit. *(On frappe à la porte.)* Qui va là?

ROBLEAU, *en dehors.*

Ami!

~~~~~~

SCÈNE IV.

ROBLEAU, BÉNÉDICT.

BÉNÉDICT, *allant ouvrir.*

Ah! c'est Robleau! *(Robleau entre.)* Pardié! je vous aurais reconnu en mille.

ROBLEAU.

A ma voix?

BÉNÉDICT.

A vot' poignet.

ROBLEAU.

Ah! dame! je n'y vais pas de main morte... et la santé?

BÉNÉDICT.

Etourdissante.

ROBLEAU.

Bravo!

BÉNÉDICT.

Bravo! bravo! c'est-à-dire que ça devient inquiétant?

ROBLEAU.

Comment ça?

BÉNÉDICT.

Songez donc! encore deux jours à attendre!

ROBLEAU.

Connu! laissez faire, monsieur l'enflammé, ça se calmera.

BÉNÉDICT.

Oh! jamais! jamais! jamais!

ROBLEAU.

V'là ben les amoureux!

BÉNÉDICT.

Regardez donc autour de vous.

ROBLEAU.

Saperlotte! quels embellissemens frénétiques!

BÉNÉDICT.

Ce n'est pas oriental; mais c'est pas déchiré.

ROBLEAU.

J'crois ben! un petit Louvre! et des tableaux comme chez un banquier!

BÉNÉDICT.

C'est dépareillé, mais ça n'en est pas plus mal!

ROBLEAU.

Fichtre! des oreillers et des mouchettes! excusez! un boudoir de *six bariques!*... C'est pas ça, t'as arrangé ton Trianon, c'est bien; mais t'as oublié une chose non moins essentielle.

BÉNÉDICT.

Quoi donc?

ROBLEAU.

Le repas de noce!

BÉNÉDICT.

C'est, ma foi, vrai!

ROBLEAU.

V'là pourquoi j'ai monté tes cent-vingt-deux marches pour t'y faire penser et te prendre afin de l'aller commander, car nous n'avons que juste le temps.

BÉNÉDICT.

Bien sûr!... ah! ben, dites donc, allez-y tout seul, hein? vous vous entendrez mieux à tout ça que moi!

ROBLEAU.

J'veux bien, j'y cours! d'ailleurs, j'prendrai en passant le père Sarrazin, ton premier témoin, c'est un vieux fricoteur qui n'a pas de dégoût pour ce qui est bon, il nous accommodera ça dans le goût de Pantin!

BÉNÉDICT.

C'est ça même.

ROBLEAU.

Ah! ça, c'est toujours à Montmartre?

BÉNÉDICT.

Oui, chez Roger.

ROBLEAU.

Et as-tu bien compté ce que nous serons de monde? il ne s'agit pas de faire des boulettes, et puis qu'on n'ait qu'à peine à manger.

BÉNÉDICT.

Oui, nous serons une trentaine; au surplus, quand il y a pour trois, y en a ben pour quatre.

ROBLEAU.

C'est juste!

BÉNÉDICT.

N'y a qu'à commander pour quarante.

ROBLEAU.

Ça y est.

Il va pour sortir.

BÉNÉDICT, *le retenant.*

Ah! et d'la musique, beaucoup de musique; qu'on ne s'entende pas! Cinq cornets à piston! j'ai promis aux demoiselles d'honneur d'les faire sauter à en boiter de quinze jours.

ROBLEAU.

Monsieur Vestris, comme t'y vas! En parlant de demoiselles d'honneur, c'est-y pas là que demeure Mlle Louise?

BÉNÉDICT.

Oui, sa chambre est à côté.

ROBLEAU.

Ah ! ben ! j'm'en irai pas sans lui souhaiter le bonjour. (*Frappant avec le manche de son fouet sur le mur de séparation, et appelant*): Mlle Louise, Mlle Louise !

~~~~~~~~~~~~~~~~~~~~~~~~~~~~~~~~~~~~~~

SCÈNE V.

LES MÊMES *d'un côté*, LOUISE *de l'autre*.

LOUISE, *se penchant au balcon.*

Tiens ! c'est vous, M. Robleau ?

ROBLEAU.

Si c'est moi ? fier comme Artaban !

LOUISE.

C'est une rareté de vous voir monter nos cinq étages.

ROBLEAU.

Il est vrai que c'est un peu plus haut que mon siége !

LOUISE.

Qu'est-ce donc qui a pu vous décider à faire une pareille excursion ?

ROBLEAU, *galamment.*

Le désir de voir un joli minois, Mlle Louise !

LOUISE.

Ah ! M. Robleau, vous êtes un flatteur !

BÉNÉDICT, *riant.*

J'espère que v'là un compliment un peu torché !

ROBLEAU.

Du tout... pour voir une belle et bonne fille comme vous, Mlle Louise , j'monterais aux tours Notre-Dame avec mon sapin et mes chevaux sans reprendre haleine.

BÉNÉDICT.

C'est possible, mais la vérité vraie, c'est qu'il est venu pour que nous arrêtions ensemble l'ordre et la marche des cérémonies qui vont avoir lieu à mon mariage !

LOUISE.

Il n'y a rien de changé ; c'est toujours pour après-demain ?

BÉNÉDICT.

Il y a encore assez à attendre ; quarante-huit heures !

LOUISE.

Et madame Tournelle ?

ROBLEAU.

Elle est presque aussi joyeuse que nous de c'te noce !

BÉNÉDICT.

Oui , à ça près que ça soit sincère !

ROBLEAU.

Quelle idée ! Dites donc , j'vas tout commander de ce pas, j'espère que vous êtes en mesure ?

LOUISE.

Ah ! mon Dieu ! toutes mes affaires sont prêtes, je n'ai plus que ma robe blanche à repasser et je vais m'y mettre.

ROBLEAU.

J'espère aussi que vous allez crânement vous en donner, des flics-flacs, des jetés-battus, et autres danses vaporeuses !

LOUISE.

Je tâcherai de faire de mon mieux.

ROBLEAU.

Et moi , de retrouver mes jarrets de quinze ans !

BÉNÉDICT.

Pour le quart d'heure, j'ai la bosse des mariages... faut qu'à ma noce, j'vous marie, vous, Robleau !

ROBLEAU.

Y penses-tu ?

BÉNÉDICT.

Certainement ; il y aura du sexe en masse, et...

ROBLEAU.

Allons donc ! une vieille bête comme moi !

LOUISE.

Mais, M. Robleau, vous vous dites toujours vieux... à trente-sept ans, on est encore tout jeune.

ROBLEAU, *riant.*

Vous verrez que je reviens de nourrice.

BÉNÉDICT.

C'est égal, je l'ai dit : je vous marie !... Et vous aussi, mademoiselle Louise !

LOUISE, *interdite.*

Moi !

ROBLEAU.

C'est un enragé !

BÉNÉDICT.

Puisque j'vous dis que j'ai la bosse du mariage (*à Louise, en souriant*), sans compter que si tant seulement nous étions en Turquie , et qu'on puisse prendre une couple de femmes légitimes, j'sais ben qui je vous choisirais pour mari.

ROBLEAU.

Attends, tu vas te blesser !

BÉNÉDICT.

Mais pas plan ! L'état civil français s'y oppose ! n'importe, allez, mademoiselle Louise , si mon cœur est pris ailleurs par le conjungo, ça ne m'empêche pas d'avoir bien de l'amitié pour ma petite sœur d'adoption !

LOUISE, *émue.*

Moi aussi, M. Bénédict, j'ai de l'amitié pour vous !

ROBLEAU.

Ah ! ça , mais j'oublie que je suis le maître des cérémonies.

BÉNÉDICT.

Ah ! ben oui , mais n'oubliez pas surtout, de commander les mets les plus recherchés.

ROBLEAU.

Sois donc paisible , il y aura veau rôti, fricassées de lapins, avec leurs têtes... aloyaux et gigots de mouton ; on n'aura pas vu, souvent, de pique-nique dans ce numéro-là !

BÉNÉDICT.

Et pour les dames des chatteries, du pâté aux prunes, et de la galette !

ROBLEAU.

Et du vin à dix et à quinze !.. à toi, à moi la paille de fer !   LOUISE.

Oui, mais ménagez nos bourses.

ROBLEAU.

Vous plaisantez, mademoiselle Louise, est-ce que vous croyez que nous souffririons que les dames *payassent* ?

BÉNÉDICT.

Allons donc ! nous sommes Français... et non pas des goujats !

ROBLEAU.

Avec tout ça, je pars.

BÉNÉDICT.

Je descends avec vous... j'ai à m'acheter
une foule de choses.

ROBLEAU.

Air : De diamans une parure. (*Riquet*).

Mes affaires ne s'raient pas faites
Si j'restais encore avec vous,
Mais je vais retrouver mes bêtes
Qui n's'amusent pas autant que nous.

BÉNÉDICT.

Notre escalier n'est pas facile,
Prenez bien garde de glisser ;
Quoiqu' vous soyiez cocher habile,
C'est qu'vous pourriez tout d'mêm' verser.

REPRISE ENSEMBLE.

~~~~~~~~~~~~~~~~~~~~~~~~~~~~~~~~

SCÈNE VI.

LOUISE *seule, chez elle.*

Dans deux jours, tout sera fini !... ah ! tant
mieux ! au moins, quand ils seront mariés, je
ne penserai plus à M. Bénédict... mon amour
ne me tourmentera plus jour et nuit... Oh ! mais,
je quitterai cette maison, je n'aurai jamais le
courage d'être témoin de leur bonheur... c'est
bien assez d'assister à leur noce... (*Elle essuie
une larme.*) Allons, voyons, allumons ma chandelle, car le jour baisse. (*Après avoir allumé
son bougeoir.*) A présent, repassons ma robe...
Étourdie que je suis... j'ai laissé ma braise chez
madame Tournelle... je vais...

Francine paraît au même instant à la porte de Louise.

~~~~~~~~~~~~~~~~~~~~~~~~~~~~~~~~

SCÈNE VII.

LOUISE, FRANCINE, *un panier à la main.*

FRANCINE.

C'est moi, Louise, je te monte ton panier, que
tu as oublié de reprendre ce matin.

LOUISE.

Ah ! merci... tiens, je descendais le chercher ;
mais il ne fallait pas te donner cette peine...

FRANCINE.

Laisse donc ! d'ailleurs, s'il faut te l'avouer,
ma bonne Louise, je n'étais pas fâchée de venir
te voir, de me trouver seule avec toi, pour tailler
une petite bavette.

LOUISE.

Qu'as-tu donc à me dire ?

FRANCINE.

Je veux te parler de mon mariage... tiens !
plus le moment approche, et plus je crains de
le voir arriver...

LOUISE.

Douterais-tu de la tendresse de Bénédict ?

FRANCINE.

Oh !.... le pauvre garçon m'en a donné trop
de preuves pour cela !

LOUISE, *vivement.*

Est-ce que tu n'aurais plus d'affection pour
lui ?

FRANCINE.

Non... mais ce que je crains, en épousant
un ouvrier, c'est la gêne, la misère... Et puis,
s'il faut tout te dire, je suis préoccupée des
songes bizarres qui me poursuivent depuis quelques nuits.

LOUISE.

Des songes !

FRANCINE.

Encore aujourd'hui....

Air : Le joli rêve que j'ai fait.

Ah ! le beau rêve que j'ai fait !
Dans l'monde on m'entourait d'hommages,
J'avais des gens, des équipages,
Chaque désir, chaque souhait
Par enchant'ment s'accomplissait,
Et mon bonheur était complet.
Enfin, pour combler mon ivresse,
Dans le trouble qui m'agitait,
Je m'entendais, c'était parfait,
App'ler madame la duchesse !
Ah ! le beau rêve que j'ai fait !
Le joli rêve que j'ai fait !

LOUISE.

Et tu espères le voir se réaliser ?

FRANCINE.

Je sais bien que je n'ai pas le sens commun,
et pourtant, je suis incertaine sur ce que je dois
faire... Voyons, conseille-moi ?

LOUISE.

Dam ! c'est très embarrassant !... après ça,
si tu n'aimes pas Bénédict.

FRANCINE.

Je n'ai pas d'aversion pour lui, et l'on n'a
pas besoin d'être folle de son mari... réponds-
moi ; que ferais-tu à ma place ?

LOUISE.

Moi, je... je... (*On entend le bruit d'une
clé dans une serrure.*) Tais-toi... Bénédict
rentre chez lui ; en prêtant l'oreille, on entend
tout ce qu'on dit....

~~~~~~~~~~~~~~~~~~~~~~~~~~~~~~~~

SCÈNE VIII.

LES MÊMES, BÉNÉDICT, *chez lui.*

BÉNÉDICT, *entrant avec une chandelle allumée
et plusieurs petits paquets à la main.*

Ah ! que j'ai donc bien fait de descendre...
mes couplets de noce, qui m'attendaient chez la
portière.

FRANCINE, *qui a prêté l'oreille.*

C'est vrai qu'on entend très distinctement.

LOUISE.

Il n'y a qu'une cloison.

BÉNÉDICT.

Oh ! quelle idée ! si je chantais avec les
gestes ?.. c'est ça, répétition générale. (*Montrant
la chaise sur laquelle se trouve son gilet et
son pantalon.*) Voilà la noce censée. (*Désignant
son chandelier qu'il place au milieu de la
table*) : Là, cette chandelle serait Francine.

FRANCINE, *qui a écouté.*

Bien obligée !

BÉNÉDICT.

Censée toujours....ah ! un instant, mouchons

ma femme. (*Il mouche la chandelle.*) Et voyons s'il m'a fait quelque chose de bien amoureux....

Il ouvre un papier.

FRANCINE, *à Louise.*
Il va chanter... écoutons.

BÉNÉDICT, *lisant.*
« Couplets de marié. »

Il chante.

Air connu.

Salut monument gigantesque
De la valeur et des beaux arts !
Une teinte chevaleresque
Colore tes jolis regards.
Combien de gloire t'enlumine !
On s'dit, en voyant tes attraits,
Ah ! qu'on est fier d'être Français
Quand on regarde sa Francine !

FRANCINE, *riant.*
Eh ! bien , c'est gentil !

LOUISE.
Il aura été trompé.

BÉNÉDICT, *stupéfait.*
Qu'est-ce qu'il m'a donné là ?

« Salut, monument gigantesque... »

Ah ! ça , est-ce qu'il croit que j'épouse l'Obélisque... ah ! j'y suis, c'est *la Colonne* revue, corrigée et considérablement abimée.... En v'là un floueur qui me donne ça pour du neuf ! Plus souvent que j'lui paierai ça ; mais comment faire ? c'est pour après-demain... nous n'avons plus grand temps...

FRANCINE.
Il court grand risque de se passer de couplets !

BÉNÉDICT.
Il m'en faut à tout prix... Eh ! parbleu ! pas tant de réflexion ! on dit qu'au faubourg Antoine , il y a un perruquier qui les fait bien, vite et pas cher... un omnibus, et en route !

FRANCINE.
Décidément, il tient à sa chanson !

LOUISE, *à part, en soupirant.*
Oh ! oui , il y tient... c'est pour elle !

SCÈNE IX.

LES MÊMES, Mᵐᵉ TOURNELLE.

Mᵐᵉ TOURNELLE, *entrant chez Bénédict.*
Ah ! pardon ! je me trompais de porte !

BÉNÉDICT.
Tiens ! c'est vous... c'est égal, entrez tout d'même un instant.

Mᵐᵉ TOURNELLE.
Oh ! non merci... j'suis pressée... (*A part.*) Francine n'y est pas... (*Haut.*) Bonjour, M. Bénédict... Pardon d'vous avoir dérangé !

BÉNÉDICT.
Il n'y pas de mal... Attendez que je vous éclaire...

Mᵐᵉ TOURNELLE.
Ça n'est pas la peine... j'vas chez mademoiselle Louise à côté...

Elle disparaît.

BÉNÉDICT.
En ce cas... (*Il souffle sa chandelle.*) J'cours au faubourg Antoine.

Il sort et ferme la porte.

SCÈNE X.

LOUISE, FRANCINE, Mᵐᵉ TOURNELLE.

Mᵐᵉ TOURNELLE, *entrant chez Louise.*
Je te cherche, Francine...

FRANCINE.
Vous avez quelque chose à me dire ?

Mᵐᵉ TOURNELLE.
Non, mais à té remettre.

FRANCINE.
Qu'est-ce donc, maman Tournelle ?

Mᵐᵉ TOURNELLE.
Ah ! un instant... laisse-moi respirer... (*appuyant*) quand on a monté cinq étages...(*Elle s'assied.*) Et elles sont *hautes* vos cinq étages, mademoiselle Louise !

LOUISE, *à part.*
Qu'est-ce qu'elle a donc avec son air de persifflage ?

Mᵐᵉ TOURNELLE.

Aɪʀ : On dit que je suis sans malice.

Ici l'on n'arriv' pas sans peine ;
Mais quand on a repris haleine,
On n's'en plaint pas, car c'est fort beau
De voir Paris à vol d'oiseau ;
C'est plus haut qu' les tours Notre-Dame ,
Et ceux qui m'verraient , sur mon ame ,
Croiraient, à ma respiration,
Que je viens d' faire une ascension !

(*Regardant autour d'elle.*) Savez-vous que vous êtes bien ici ? c'est petit, mais c'est gentil !

LOUISE.
C'est assez grand pour que le bonheur puisse s'y loger !

Mᵐᵉ TOURNELLE, *se levant.*
Encore faut-il que le bonheur ne se cogne pas la tête au plafond ! Voilà l'appartement qui t'attend, toi , Francine... à côté... quand tu seras madame Bénédict..

LOUISE, *à part.*
Ah ! nous y voilà !

FRANCINE, *changeant de conversation.*
Mais vous aviez quelque chose à me remettre, m'avez-vous dit ?

Mᵐᵉ TOURNELLE.
Ah ! oui, je ne serais même pas fâchée de te le donner devant mademoiselle Louise , ton amie intime.

LOUISE.
Devant moi ?

Mᵐᵉ TOURNELLE.
Oui, devant vous, qui m'accusiez aussi d'extravagance, quand je soutenais que Francine pouvait prétendre à un brillant parti.

LOUISE ET FRANCINE.
Eh bien ?

Mᵐᵉ TOURNELLE, *à Francine.*
Eh ! bien, eh! bien, il ne tient qu'à toi de nager dans les billets de banques et dans l'édredon !

FRANCINE ET LOUISE.
Comment ça ?

Mᵐᵉ TOURNELLE.
Il ne tient qu'à toi encore d'avoir des pana-

ches comme les chevaux du Roi... enfin d'être immensément riche.

LOUISE et FRANCINE.

Riche !

Mme TOURNELLE.

Heureuse ! (Appuyant.) Et de plus hono-rée !

LOUISE et FRANCINE.

Vraiment ?

Mme TOURNELLE.

Oui, mademoiselle Louise, oui ; le comte de Logronoff s'est enfin déclaré.

LOUISE et FRANCINE.

Il se pourrait !

Mme TOURNELLE.

Non, puisque je ne sais ce que je dis... j' bats la breloque !

FRANCINE.

Le comte !

Mme TOURNELLE.

En personne... il est amoureux fou !

FRANCINE.

De moi !

Mme TOURNELLE.

Et de qui donc ? Si vous en doutez, il vient de me glisser le poulet.

FRANCINE.

Une lettre ?

Mme TOURNELLE.

Une déclaration en belle et bonne forme...

LOUISE.

Pour l'épouser ?

Mme TOURNELLE.

Tout ce qu'il y a de plus épouser... (la lui donnant.) Lis-la toi-même, Francine ; j'en ai déjà pris connaissance, je ne te la confierais pas si ses intentions n'étaient pures et limpides.

FRANCINE, lisant.

C'est bien du comte... voilà sa signature.

Mme TOURNELLE, à Louise.

C'est-t-y clair ? et pour l'épouser... j' vous dis qu' c'est la mode en Russie.

FRANCINE, joyeuse.

Eh bien ! Louise, mon rêve ! voilà mon rêve !

LOUISE, à part.

Renoncerait-elle à Bénédict !

Mme TOURNELLE.

Eh ! bien, quelle réponse faire au comte ? tu vois qu'il t'attend chez son notaire à l'instant même.

FRANCINE.

Je ne sais à quel parti m'arrêter ?

Mme TOURNELLE.

Je pense que tu ne briseras pas ton avenir comme un verre à bierre... et s'il est besoin de te parler de moi, tu n'oublieras pas que ce ma-riage-là peut seul me payer des soins que je t'ai prodigués dans ton enfance.

LOUISE, à part.

Oui... à douze francs par mois.

Mme TOURNELLE.

Et si tu savais tout ce qu'il projette pour ta félicité... il m'achètera de belles robes...

FRANCINE, préoccupée.

Mais ce pauvre Bénédict ?

Mme TOURNELLE.

Et comme tu seras choyée ! j'aurai d' beaux appartemens, des huîtres... et des pieds truffés ! enfin tu s'ras comme le poisson dans l'eau.

FRANCINE, pensive.

Au fait, mon mariage avec lui ferait son bon-heur, à c' garçon ?

LOUISE, vivement.

Ainsi, tu ne veux plus de lui pour époux ?

FRANCINE.

Air de Paoli.

Songes-y donc, et comprends mon ivresse !
Ces fleurs, cet or et ces beaux diamans
Vont dès demain devenir ma richesse !
Ah ! loin de moi ces simples vêtemens !
Oui, désormais, plus jolie et coquette,
Je vais briller au sein de la splendeur !
Je ne suis plus grisette,
J'aurai de la toilette !
Et la toilette, oh ! c'est là le bonheur !

Mme TOURNELLE, avec transport.

À la bonne heure, je reconnais ma Francine, je reconnais mon élève...

LOUISE, à part.

Et moi aussi.

FRANCINE.

Louise, veux-tu me rendre un service d'a-mie ?

LOUISE.

Lequel ?

FRANCINE.

Prépare ce bon Bénédict à mon mariage avec le comte, et surtout tâche de me justifier à ses yeux, car je sens qu'il n'aura que trop sujet de m'en vouloir !

LOUISE.

Je ferai de mon mieux.

Mme TOURNELLE.

C'est cela ; et moi je vais chez ma coutu-rière, chercher la robe qu'elle m'a faite pour ta noce, pour la mettre à tous les jours.

LOUISE.

Tous les jours ?

Mme TOURNELLE.

C'est bien le moins. (A Francine.) Et une fois requinquée, j'irai te reprendre chez le no-taire pour te ramener.

~~~~~~~~~~~~~~~~~~~~~~~~~~~~~~~

SCÈNE XI.

LES MÊMES, BÉNÉDICT, rentrant chez lui.

BÉNÉDICT.

Là, v'la ma commande faite.

Il allume sa chandelle.

Mme TOURNELLE.

Allons, Francine, allons.

Air : Je saurai bien le faire marcher droit.

Hâte-toi donc, ne perds pas un instant ;
On ne saurait trop presser cette affaire ;
Rends-toi bien vît' chez l'excellent notaire
Qui te fabriqu' l'av'nir le plus brillant.
Qu'un débiteur chez-lui nous fass' mander
Nous avons tout l'temps d'nous y rendre.
Mais qu'la fortun' nous fasse demander,
Il ne faut pas la faire attendre !

ENSEMBLE.

FRANCINE.

Vite je sors et j'y vais à l'instant ;
Je ne saurais trop presser cette affaire.

2

Allons trouver cet excellent notaire
Qui me prépare un avenir brillant.

LOUISE.

On le voit bien à son empressement,
Elle a grand peur de manquer cette affaire;
Je le conçois, car elle est si légère
Qu'elle ne peut réfléchir un moment.

(Madame Tournelle et Francine sortent ensemble.)

~~~~~~~~~~~~~~~~~~~~~~~~~~~~~~~~~~~~

SCÈNE XII.

LOUISE, *chez elle;* BÉNÉDICT, *chez lui.*

LOUISE, *à elle-même.*

Vraiment, je n'en reviens pas... Francine, la femme d'un comte ! Oh ! je n'envie pas son bonheur, et je me contenterais bien du mari qu'elle dédaigne.

Elle se laisse aller sur une chaise.

BÉNÉDICT, *déployant un papier.*

J'avais oublié les gants blancs de rigueur... je m'en ai acheté une paire; pourvu qu'ils m'aillent bien, le marchand m'a dit que ça ne s'essayait pas... Oh ! qu'est-ce que c'est? ils sont tous les deux de la même main...

LOUISE.

Et Francine, qui veut que j'instruise Bénédict.... Ah ! je ne sais si je l'oserai jamais...

BÉNÉDICT.

C'est un guignon qui me poursuit. (*Appelant.*) Mademoiselle Louise?

LOUISE, *se levant vivement.*

C'est lui !.. Plaît-il, M. Bénédict?

BÉNÉDICT.

Je crois que le diable se mêle de mariage !

LOUISE, *à part.*

Saurait-il déjà? (*Haut.*) Et pourquoi donc, M. Bénédict?

BÉNÉDICT.

D'abord, mon tailleur m'apporte un habit qui me va comme s'il avait été fait pour l'éléphant; ensuite, je commande une chanson de noce, et l'on me donne la colonne;.. mais c'est pas tout, je viens d'acheter une paire de gants qui ne me chausse que la main gauche.

Il les lui fait voir.

LOUISE.

Ce sont de ces contrariétés dont on se console facilement... Et puis, mon Dieu ! dans la vie, c'est souvent la chose sur laquelle on compte le plus, qui vous échappe.

BÉNÉDICT.

Il ne manquerait plus que mademoiselle Francine me fît faux bond !

LOUISE, *timidement.*

Est-ce que vous le craindriez?

BÉNÉDICT.

Oh ! non, elle m'aime trop pour ça, Dieu merci !

LOUISE, *avec hésitation.*

Et vous en êtes bien sûr?

BÉNÉDICT.

J'espère qu'elle m'en a donné une fière preuve, en me soignant si bien, quand j'étais malade ici dans ma mansarde, et veillé par une garde qui m'aurait bien laissé mourir faute de tisane.

LOUISE.

Vous attachez donc bien de l'importance à ce service, M. Bénédict, que vous en parlez si souvent?

BÉNÉDICT, *avec chaleur.*

Comment, si j'en attache? quand je lui dois la vie... quand elle n'a pas craint de venir, comme un ange, me veiller la nuit, en cachette de tout le monde, pendant le sommeil de la portière, à mon insu même, car je n'avais pas ma raison alors; mais le jour où la fièvre et le délire m'ont quitté, j'aperçus une robe qui disparaissait... et il a bien fallu me donner le mot du logographe.

LOUISE, *à part.*

Il me semble, à présent, que je puis parler.

BÉNÉDICT.

Et, après ça, je douterais de l'attachement de ma Francine, oh ! non, non, une jeune fille qui ne craint pas de se compromettre comme elle l'a fait... oh ! c'est de l'amour, du bel et bon amour... Aussi, mademoiselle Louise, cette fille-là aurait été laide, repoussante... c'eût été madame Tournelle, enfin... que je l'aurais épousée tout de même !

LOUISE, *toute tremblante.*

Alors, j'ai donc bien fait de ne pas vous dire que c'était moi.

BÉNÉDICT, *stupéfait.*

C'était vous !

LOUISE, *baissant les yeux.*

Oui, M. Bénédict.

BÉNÉDICT, *presque abattu.*

C'était vous !

Bruit dans l'escalier.

~~~~~~~~~~~~~~~~~~~~~~~~~~~~~~~~~~~~

SCÈNE XIII.

LES MÊMES, ROBLEAU, *entrant chez Bénédict.*

ROBLEAU, *très-agité.*

Bénédict ! Bénédict !

BÉNÉDICT, *revenant à lui.*

C'est vous, Robleau !

LOUISE, *allant écouter à la porte.*

C'est singulier ! on dirait des cris étouffés !

BÉNÉDICT.

Ah ! mon Dieu ! comme vous êtes pâle !

ROBLEAU, *oppressé.*

J' crois que j' viens d'être, sans le savoir, le complice de quelque chose de pas bien !

BÉNÉDICT.

Vous? et comment ça?

ROBLEAU.

Mes deux chevaux étaient là, en tête sur la place, les huit jambes croisées... moi, j'étais sur mon siége à fumer ma bouffarde, quand un particulier me dit, en entrant dans mon sapin dont il avait ouvert lui-même la porte : « Cocher, rue Coquenard ! »

BÉNÉDICT.

Notre rue?

ROBLEAU.

Oui, on vous fera arrêter à la porte.....

LOUISE, *écoutant toujours.*

Encore ! il faut que j'aille voir ce que ça peut être.

Elle sort et laisse sa porte ouverte.

ROBLEAU.

Je roule jusqu'en bas...

BÉNÉDICT.

Ici !

ROBLEAU.

Devant la porte cochère... j'arrête ; mais avant que j'aie quitté mon siége, mon homme avait déjà dégringolé, frappé, fait ouvrir, et des autres que j'avais pas vus, descendaient portant un objet assez volumineux que j'ai pas pu reconnaître, à cause de la nuit qui est noire en diable, mais qui ressemblait à un corps humain ou à quelque chose d'approchant !

BÉNÉDICT, étonné.

Qu'est-ce que vous m'apprenez là ?

ROBLEAU.

On me paie grassement, j' dis rien ; mais j'entre sur leurs talons pour consulter la mère Tournelle, qui, malheureusement, n'était pas dans sa cahutte...

BÉNÉDICT.

Je le sais ; elle est sortie, et Francine aussi !

ROBLEAU.

C'est ce que m'a dit la vieille qui garde sa loge... Pendant ce temps-là, j'ai entendu fermer une porte à double tour... puis, plus rien... et j'accours te demander ce qu'il faut faire ?

BÉNÉDICT.

Pardié ! c'est pas sorcier... faut vite aller faire votre déposition...

ROBLEAU.

C'est mon idée ; mais viens-y aussi !..

BÉNÉDICT.

Si j'y vas... attendez que j'endosse ma redingote.

Il ôte vivement sa veste et va pour passer sa redingote.

~~~~~~~~~~~~~~~~~~~~~~~~~~~~~~~~~~~

SCÈNE XIV.

Les mêmes, LOUISE.

Elle accourt chez Bénédict, et la porte reste ouverte.

LOUISE, hors d'elle-même.

Ah ! Bénédict ! ah ! M. Robleau !

ROBLEAU.

Qu'y a-t-il ?

LOUISE.

Si vous saviez... Francine ?

BÉNÉDICT, alarmé.

Eh bien ! Francine ?

LOUISE.

Je l'ai reconnue... c'est sa voix !

ROBLEAU.

Où est-elle ?

LOUISE.

Chez le comte russe.

BÉNÉDICT, anéanti.

Ah ! mon Dieu !

ROBLEAU.

Malédiction !

LOUISE.

Allez vite, M. Robleau... courez Bénédict... hâtez-vous, ou Francine est perdue !

BÉNÉDICT, se redressant.

Perdue !

ROBLEAU, avec désespoir.

C'était elle !

LOUISE.

J'ai entendu ses cris étouffés.

ROBLEAU, hors de lui.

Une arme ! une arme !.. (Se fouillant.) Ah ! mon couteau !

Il se précipite vers la porte ; un domestique la ferme aussitôt en dehors.

LOUISE.

Ciel !

BÉNÉDICT.

Oh ! l'infamie !

ROBLEAU.

C'était un guet à pens !

BÉNÉDICT.

Oh ! Francine ! pauvre Francine... et pas moyen de voler à son secours !

ROBLEAU.

Et c'est moi qui ai prêté le fiacre !

BÉNÉDICT.

Et moi, j'ai arrangé le boudoir !

ROBLEAU, s'élançant vers la porte.

Oh ! elle ne cédera pas... et pas la force de la briser !

BÉNÉDICT.

Une idée !.. votre clé, Louise, votre clé ?

LOUISE.

Elle est sur ma porte qui est ouverte.

BÉNÉDICT, avec transport.

Nous sommes sauvés ! nous sommes sauvés !

ROBLEAU.

Que vas-tu faire ?

BÉNÉDICT.

Vous allez le voir.

Il escalade rapidement la grille qui sépare son balcon de celui de Louise ; mais à peine a-t-il mis le pied dans la chambre, qu'un domestique en ferme aussi la porte en dehors.

BÉNÉDICT, s'arrachant les cheveux.

Oh ! les misérables ! les scélérats ! fermée ! fermée aussi !

ROBLEAU et LOUISE, anéantis.

Plus d'espoir !

BÉNÉDICT, subitement.

Il me reste un dernier moyen...

Il arrache les draps du lit de Louise, les noue ensemble et s'en fait une corde.

ROBLEAU, égaré.

Quel est ton projet ?

BÉNÉDICT.

Il faut à tout prix sauver Francine, n'est-ce pas ?

ROBLEAU.

Sans doute.

Bénédict attache les draps à la balustrade du balcon et les fait glisser le long du mur.

LOUISE, effrayée.

Le malheureux ! il va se tuer !

ROBLEAU, voulant l'arrêter.

Bénédict ! Bénédict !

LOUISE, avec terreur.

Il y a un gouffre... cinq étages sous vos pieds !

BÉNÉDICT, enjambant la balustrade.

Laissez donc !.. cette pauvre Francine appelle... et je resterais paisible !

LOUISE.

Il va se briser sur le pavé !

BÉNÉDICT.

N' craignez rien,... que j'atteigne seulement
un balcon, une fenêtre, et j' suis des bons!

LOUISE.

Bénédict... arrêtez!

BÉNÉDICT.

A la garde de Dieu!

Bénédict se laisse glisser le long des draps; mais à
peine l'a-t-on perdu de vue, qu'ils se déchirent, et
l'on entend le bruit de sa chute.

LOUISE, *se cachant la figure.*

Juste ciel! il est mort!

ROBLEAU, *appelant.*

Au secours! au secours!.. *(Montrant le balcon de l'un des étages inférieurs.)* Là! là!..

Le rideau baisse.

ACTE TROISIÈME.

Un riche boudoir; porte au fond; portes latérales; à droite, une toilette. Un guéridon à gauche avec tout ce qu'il
faut pour écrire. A droite au premier plan, une porte masquée.

SCÈNE PREMIÈRE.

FRANCINE *seule, assise à droite, et mise avec
élégance.*

Le voilà donc ce luxe que j'ai tant envié!
Depuis que je le connais, je n'ai pas passé un
jour sans verser des larmes... Oh! c'est que depuis ce jour j'ai tout perdu, estime, considération... jusqu'au bon Robleau qui n'a plus voulu
me revoir... Et pourtant c'est par surprise, par
violence, que je fus entraînée ici... j'étais éva-
nouie, j'étais morte, le ciel seul pouvait me pro-
téger, me défendre, et il ne l'a pas fait, il n'a
pas même permis à Bénédict de le faire... Le
brave garçon est encore sur son lit de souf-
frances à expier son courage, son dévouement,
et mon malheur!..

Elle pleure. — La porte du fond s'ouvre. Robleau paraît; il est endimanché.

SCÈNE II.

FRANCINE, ROBLEAU, Un Domestique.

ROBLEAU, *au domestique.*

Dites-lui que je désire lui parler.

Le domestique se retire.

FRANCINE, *se levant précipitamment.*

Mon ami! est-ce bien vous que je revois?

ROBLEAU, *froidement.*

Moi-même.

FRANCINE.

Ah! que je vous remercie.

ROBLEAU.

Et il n'y a pas de quoi; car ce n'est pas vous
que je viens voir.

FRANCINE, *tristement.*

Comment, ce n'est pas moi?

ROBLEAU.

Non certes, je ne voudrais pas, par ma conduite, avoir l'air d'approuver la vôtre; l'cocher
Robleau n' mange pas à ce ratelier-là... C'est
bon pour la Tournelle, c'est elle qui a dû bien
vite oublier son état de portière dans ces beaux

salons!.. le fait est qu'on ne s'y fatigue pas
tant qu'à travailler... qu'en dites-vous?

FRANCINE.

N'aurez-vous pas pitié de moi, M. Robleau?
ne suis-je pas assez à plaindre?

ROBLEAU.

A plaindre... non, car, par votre rupture
seule avec le bon Bénédict, vous avez mérité
tout ce qui vous est arrivé.

FRANCINE.

Ah! croyez que je me suis bien souvent re-
pentie!

ROBLEAU.

Mais trop tard; quand le pauvre diable était
à l'hospice à se faire guérir le bras qu'il s'est
cassé pour vous.

FRANCINE.

Pourrai-je jamais m'acquitter envers lui?

ROBLEAU.

Il y a quelqu'un qui s'est chargé de payer
votre dette.

FRANCINE.

Que voulez-vous dire?

ROBLEAU.

Que Bénédict a pris son parti, et que Louise,
qui n'a pas de confiance dans les grands sei-
gneurs, n'a pas repoussé le tapissier, elle!.. Ils
doivent se marier aussitôt qu'il sera entièrement
rétabli.

FRANCINE, *interdite.*

Louise?.. pourtant elle ne m'en a jamais
parlé?

ROBLEAU.

C'est qu'elle craignait de vous chagriner,
cette bonne fille; vous chagriner! qu'est-ce que
ça peut faire à la maîtresse du comte de Logronoff?

FRANCINE.

Hélas! que vous dirai-je? vingt fois j'ai voulu quitter cette maison, mais les promesses du
comte, les instances de madame Tournelle...

ROBLEAU.

Vous ont décidé à y rester... oui, oui, je
comprends, et je suis bien sûr qu'on n'a pas
eu grand'peine à vous retenir.

FRANCINE, *pleurant.*

Ah ! quelle parole !... vous me méprisez donc bien ?

ROBLEAU, *voyant les larmes de Francine.*

Vous pleurez, Francine ?

(Une pause.)

FRANCINE.

Votre mépris... ah ! c'est le coup le plus cruel !

ROBLEAU, *ému lui-même.*

Allons, ne te désole pas comme ça. (*Il essuie ses yeux.*) Mais on vient... c'est le comte... retire-toi... j'ai à causer avec lui... c'est pour cela que je suis venu ici...

FRANCINE.

Qu'avez-vous donc à lui dire ?

ROBLEAU.

Tu le sauras plus tard... va, va, laisse-moi !

Il la reconduit jusqu'à la porte de gauche.

FRANCINE.

Que va-t-il se passer entre eux ?

ROBLEAU, *à part en cherchant à se remettre.*

Allons, Robleau, ferme sur ton siége !

Le comte paraît avec le domestique qui lui désigne le cocher.

∿∿∿∿∿∿∿∿∿∿∿∿∿∿∿∿∿∿∿∿∿∿∿∿∿∿

SCÈNE III.

ROBLEAU, LE COMTE.

ROBLEAU, *au Comte qu'il salue.*

Monsieur le comte....

LE COMTE.

Qui êtes-vous ?

ROBLEAU.

Jean Robleau, cocher de fiacre, rue des Marmousets, 35, maison de la sage-femme.

LE COMTE.

Que me voulez-vous ?

ROBLEAU.

Monsieur le comte, je viens vous prier, sans vous commander, de me rendre un petit service ?

LE COMTE.

Un service ?

ROBLEAU.

Oh ! n'ayez pas peur... ça ne vous coûtera rien... il n'y a pas d'argent à débourser ; car il s'agit tout simplement de me donner un bon conseil...

LE COMTE.

Expliquez-vous ?

ROBLEAU.

Voilà la chose : Il y a environ dix-sept ans, une malheureuse femme me fit appeler à son lit de mort : « Robleau, qu'elle me dit, ma petite fille « que v'là, s'ra bientôt orpheline, j'la confie à « votre amitié ; promettez-moi de devenir son « guide, son appui ; faites-en une douce et « honnête femme, et de là-haut sa mère vous « bénira. » Cette promesse, monsieur le comte, je la fis à la pauvre mourante, et Dieu sait que j'avais tout essayé pour ne pas y manquer, quand pour mon malheur et le sien, elle attira les regards d'un jeune seigneur... il savait que l'or ne lui livrerait pas celle qu'il voulait posséder,

il lui tendit un piége et la déshonora.... Ce fut un bien grand crime, n'est-ce pas, monsieur le comte ?

LE COMTE.

Oh ! oui, bien grand en effet.

ROBLEAU.

Je suis content de vous trouver de mon avis ; car si vous sentez si bien l'énormité de la faute, vous saurez me dire, j'en suis sûr, quel parti je dois prendre, pour qu'elle soit réparée... et c'est le conseil que j'attends de votre obligeance ?

LE COMTE, *à part.*

Que lui répondre ?

ROBLEAU.

Vous êtes embarrassé, je le conçois ; je connais un moyen qui réussirait peut-être....

LE COMTE.

Et lequel ?

ROBLEAU.

Si je l'effrayais, si je lui fesais peur !

LE COMTE, *fièrement.*

Lui faire peur !

ROBLEAU, *avec fermeté.*

Oui, monsieur le comte.... il tremblerait, si je lui disais : Le crime que vous avez commis, nos tribunaux le punissent par les galères... épousez votre victime ou je vous dénonce à la justice...

LE COMTE, *à part.*

Ciel !

ROBLEAU, *changeant de ton.*

Mais ce moyen je ne l'emploierai pas ; car si le séducteur ne cédait qu'à la crainte, en voulant servir ma Francine, je l'aurais vouée au malheur, et le remède alors serait pire que le mal... Non, je ne menacerai pas, je prierai, je supplierai... et j'espère, il sera touché de ma douleur...

Air du Matelot. (Mme Duchange.)

Je lui dirai : c'est moi qui suis son père,
Son déshonneur retomberait sur moi ;
Car j'ai promis, au lit d'mort de sa mère,
Que son av'nir s'rait mon unique loi.
Vous n'me frez pas manquer à ma promesse ;
A ma Francine, oh ! vous rendrez l'honneur.
Oui, vous céd'rez à ma vive tendresse,
Et d'mon enfant vous ferez le bonheur.
De mon enfant je vous d'mand' le bonheur.

Vers la fin du couplet, Francine paraît sur le seuil de la porte de gauche.

∿∿∿∿∿∿∿∿∿∿∿∿∿∿∿∿∿∿∿∿∿∿∿∿∿∿

SCÈNE IV.

LES MÊMES, FRANCINE.

FRANCINE, *à part.*

Que se passe-t-il donc ?

ROBLEAU.

Voilà, monsieur le comte, voilà ce que je lui dirai !

LE COMTE, *qui a aperçu Francine.*

Vous allez connaître sa réponse... (*Allant au-devant d'elle et lui prenant la main.*) Approchez, Francine.

ROBLEAU, *à part.*

Que va-t-il faire ?

LE COMTE, *à Francine*.

Depuis le jour où le sentiment que vous m'avez inspiré me rendit coupable envers vous, ma passion n'a fait que s'accroître , et vos larmes m'ont prouvé que vous méritiez plus qu'un amour passager.

ROBLEAU.

Oh ! oui... elle méritait... enfin !

LE COMTE.

J'ai donc compris que l'or, la fortune ne suffiraient pas pour racheter ma faute ; j'ai pensé qu'il n'était qu'une réparation digne de vous, et je suis prêt à vous la donner... Francine , demain, vous serez mon épouse, et dans huit jours, nous partons pour la Russie.

FRANCINE.

Il se pourrait , M. le comte ?

LE COMTE, *lui tendant la main*.

Eh bien ! Robleau, êtes-vous content ?

ROBLEAU.

Si je le suis !

Il fait un mouvement pour la lui serrer et s'arrête tout confus.

FRANCINE.

Quand vous me réhabilitez aux yeux du monde et aux miens, M. le comte , comment vous témoigner ma reconnaissance ?

LE COMTE.

En me prouvant que je vous ai parfaitement jugée....

ROBLEAU.

Ah ! M. le comte, ce que vous faites-là est bien !

LE COMTE.

Francine, je vous l'avouerai, des considérations dont, plus tard, vous connaîtrez toute la gravité, m'avaient fait hésiter jusqu'ici à vous nommer ma femme ; mais le noble langage de votre père adoptif a mis un terme à mon irrésolution, et je l'en remercie de tout mon cœur.

FRANCINE.

Et moi aussi, je vous remercie, mon bon Robleau !

Elle lui prend les mains et les lui embrasse.

ROBLEAU.

Soyez heureuse, pensez quelquefois au pauvre cocher, et ce sera ma plus douce récompense... Ah ! mais, c'est la mère Tournelle, quand j'y pense... elle va joliment faire ses embarras en Russie !

LE COMTE.

Elle ne nous accompagne pas.

ROBLEAU.

Bah !

LE COMTE.

Je ne tarderais pas à y être couvert de ridicule.

ROBLEAU.

Elle s'y attend pourtant bien.

LE COMTE.

J'assurerai son sort, mais ici.

ROBLEAU.

Et vous faites pardieu sagement, puisque c'est sa sotte ambition qu'est cause... suffit.

LE COMTE.

Je pars avec vous, Francine, avec vous seule ; mais , avant, Robleau, il me reste un devoir à remplir.

Air du piége.

Dans ce moment où je vais vous laisser
Fier d'un amour et si pur, et si tendre,
Ne dois-je pas, mes amis, effacer
Les larmes que j'ai fait répandre ?
Si loin de vous, Francine , désormais
Va s'assurer le bonheur pour partage,
Je veux, ici, vous laisser mes bienfaits ,
Pour vous rappeler mon passage.

Mme TOURNELLE, *en dehors*.

Francine ! Francine !

ROBLEAU.

V'là la mère Tournelle !

Il se met dans un coin du salon.

~~~~~~

SCENE V.

LES MÊMES, Mme TOURNELLE.

Mme TOURNELLE, *dans un négligé du matin très extravagant*.

Eh bien ! Francine, tu n'y penses pas ? *(Apercevant le comte.)* M. le comte, je suis bien la vôtre... *(à Francine.)* Tes femmes t'attendent pour ta toilette.

LE COMTE.

Il faut y aller, Francine... et vous, madame Tournelle, songez également à vous apprêter ; car nous nous rendons aujourd'hui chez le notaire.

Mme TOURNELLE, *ébahie*.

Chez le notaire ?

ROBLEAU, *s'approchant*.

Pour dresser le contrat de mariage du comte avec Francine.

Mme TOURNELLE, *stupéfaite*.

Robleau !

ROBLEAU.

Et la noce qui se fait demain, madame Tournelle !

Mme TOURNELLE.

J'ai toujours dit que c'était la mode en Russie.

LE COMTE , *à Robleau*.

Comme vous seul avez connu les parens de Francine , je vous prierai de me remettre ses papiers.

ROBLEAU.

Vous les aurez tantôt, M. le comte.

LE COMTE.

Et moi , je me rends à l'ambassade , pour y chercher les miens.

Air : Galop de la Pâtissière.

Plus de retard, séparons-nous,
Le bonheur qu'a Francine
Mon cœur aimant destine,
Me recommande, ainsi qu'à vous,
D'être exact à ce rendez-vous.

ROBLEAU.

Ah ! croyez ce que je vous confie,
Je suis bien heureux en ce jour !

LE COMTE.

Je te servirai toute la vie,
Si rien n'entrave mon amour.

REPRISE ENSEMBLE.

Il sort par le fond, après avoir conduit Francine dans son appartement.

SCENE VI.

ROBLEAU, Mme TOURNELLE.

Mme TOURNELLE.

Enfin, vous vous êtes donc apprivoisé, vous qui aviez juré de ne mettre jamais les pieds ici?

ROBLEAU.

Oui, et cette susceptibilité de ma part devait vous surprendre, vous qui vous arrangiez si bien de tout ça.

Mme TOURNELLE.

Allez, allez, dites ce que vous voudrez, je suis connue, et la veuve Tournelle en remonterait à qui que ce soit, pour ce qui est du chapitre de la délicatesse.

ROBLEAU.

Je l'sais bien, votre position dans cette maison en était la preuve.

Mme TOURNELLE, s'asseyant et affectant beaucoup d'indifférence.

Oh! mon Dieu! de vous, rien ne peut me piquer. Un rustre, qui a été jusqu'à m'accuser de ce qui est arrivé.

ROBLEAU.

Un peu... et que je vous en accuse encore.

Mme TOURNELLE.

Bien plus, qui a été jusqu'à me menacer.... Heureusement qu'on a pris ses précautions...

ROBLEAU.

Quelles précautions?

Mme TOURNELLE.

J'ai été chez le commissaire, donc!... j'ai mis d'autorité entre votre main et ma joue.

ROBLEAU.

Au surplus, si vous êtes cause de l'événement, vous ne l'êtes guère du matrimonion qui en sera la suite.

Mme TOURNELLE, se levant tout-à-coup.

Et pourquoi ça, s'il vous plaît?...

ROBLEAU.

Pourquoi?... parce que vos attirails, vos extravagances, votre mise même, étaient capables d'éloigner le comte et de Francine et de vous.

Mme TOURNELLE, passant devant lui avec un air de dédain.

Vous verrez qu'il faudra pour s'habiller aller consulter le goût d'un cocher.

ROBLEAU.

C'est vrai que j'irais jamais chercher une friperie pareille. (Riant) J'suis fâché d'n'avoir pas là ma voiture, j'vous proposerais une promenade... On s'croirait au carnaval.

Mme TOURNELLE.

Vous n'êtes qu'un pain d'orge.

ROBLEAU.

Non, d'honneur! on vous prendrait pour une princesse... des figures de cire!

Mme TOURNELLE, furieuse.

Ah! si nos gens étaient là... je vous ferais jeter dehors.

ROBLEAU.

Je vous conseille, pour ça, d'appeler le portier votre successeur... Dites donc, savez-vous que ça serait gênant, une robe comme ça, pour tirer le cordon, s'il faut que jamais vous retourniez à votre loge?

Mme TOURNELLE.

Ah! c'est trop fort!

ROBLEAU.

Ah! que je suis bête! j'oublie que vous allez partir pour la Russie... car vous y suivez le comte, je crois?

Mme TOURNELLE.

Un peu!

ROBLEAU, à part.

J'étais sûr qu'elle pensait y aller... Quel pied. de nez!

Mme TOURNELLE.

Et, là, au moins, j'aurai la satisfaction de ne plus vous y voir.

ROBLEAU.

C'est juste, vous ne serez pas connue... il ne tiendra qu'à vous de vous faire passer pour une marquise étrangère... Ah! dites donc, faudra mettre sur les panneaux de votre voiture un grand cordon à cheval sur un balai... ça vous fera des armes.

Mme TOURNELLE.

Vous n'êtes qu'un polisson!

ROBLEAU.

Prenez aussi bien garde à votre santé, couvrez-vous bien, il fait froid en Russie, et vous n'aurez pas là le sou pour livre et la bûche... Bon voyage surtout, Madame de la Porte!

Air: Des bons maris c'est le modèle.

Lorsque vous serez en Russie,
Auprès du count' de Logronoff,
Vous vous f'rez app'ler, je l'parie,
Madame de Tournelsicoff.
Là-bas, quand on va vous connaître,
Avec vos charm's et du hasard,
Qui sait? vous deviendrez, peut-être,
La légitime d'un boyard.

ENSEMBLE.

Mme TOURNELLE.

Malgré votre plaisanterie,
Près du comte de Logronoff,
Je vivrai fort bien en Russie
Sans m'faire app'ler Tournelsicoff.

Robleau sort par le fond, en se moquant de Madame Tournelle.

SCENE VII.

Mme TOURNELLE, puis LA MODISTE, LA LINGÈRE et LA COUTURIÈRE.

Mme TOURNELLE.

Oh! le maudit homme. Il a bien fait de s'en aller, car je crois que j'allais me porter à des voies de fait!

Air du Juif.

Après tout, que m'importe
L'ton railleur de c'manant,
Car autant en emporte,
Autant en emporte le vent.
Oh! pour une ex-portière
Quels destins différents!
Moi, qui buvait d'la bière,

Et mangeait des harengs.
Pour traiter ma personne
L'comte a son cordon bleu,
Et d'plus, c'est moi qui donne
Ce vil denier-à-Dieu.
A présent, que m'importe, etc.

Ici, chacun me flatte,
J'n'ai pas un seul souci ;
J'vis comme un coq-en-pâte,
Et j'm'amus', Dieu merci,
A mon ais' je m'pavanne
Du matin jusqu'au soir ;
Et j'ai l'air d'une sultane...
Sauf qu'on m'jett' pas l'mouchoir.
A présent, que m'importe, etc.

(*Voix au dehors.*) Mais d'où vient ce vacarme?
LES TROIS MARCHANDES, *entrant et saluant.*
Madame, nous venons vous présenter notre
respect et notre mémoire.

Mme TOURNELLE, *à part.*
Elles sont bien tombées ! (*Haut.*) Ah ! vous
venez... ce n'est pas une raison pour entrer ici
comme sur une place d'armes... mais, au fait,
vous n'êtes pas tenues de connaître la civilité
puérile et honnête.

LA LINGÈRE, *aux autres.*
C'est dans sa loge qu'elle l'a apprise !

Mme TOURNELLE.
Voyons ces notes, ces mémoires. (*Les marchandes vont pour les donner.*) A propos, madame la modiste, vous m'avez mis sur mon dernier chapeau des plumes qui me donnaient l'air
d'un chapon du Mans.

LA MODISTE.
Ce n'est pas ma faute si madame...

Mme TOURNELLE.
Je n'aime pas qu'on me réplique... J'étais
affreuse !

LA MODISTE.
Je vous crois, madame.

LA LINGÈRE.
Pour moi, j'espère que mes camisoles....

Mme TOURNELLE.
Oh ! oui, parlons-en... c'est bien torché !...
C'est-à-dire que les femmes de ménage en ont
de pareilles !

LA LINGÈRE, *à part.*
Qu'est-ce qu'elle est donc, elle?

Mme TOURNELLE.
C'est comme vous, à qui j'ai commandé une
douillette...

LA COUTURIÈRE.
Eh bien ! madame, qu'est-ce que je vous ai
fait?

Mme TOURNELLE.
Un sac... sans tournure, sans grâce... quand
je suis là-dedans, je ressemble à un traversin
dans son fourreau... Aussi, vous ne risquez rien,
vous, madame la lingère, de me tailler tout de
suite des corsages en batiste avec des boyaux
de satin... Ce sera fort coquet pour me lever
le matin...

LA LINGÈRE.
Oui, madame, je vous apprêterai cela...
Mais ma note...

Mme TOURNELLE, *sans l'écouter; à la modiste.*
Et vous, mademoiselle, vous me confection-

nerez un nouveau chapeau rose tendre avec
des fleurs de tournesol sur le côté... Vous com-
prenez?..

LA MODISTE.
Oui, madame, mais...

Elle tend sa note.

Mme TOURNELLE, *même jeu.*
Et vous, je vous enverrai de la lévantine
pistache avec laquelle vous m'arrangerez un
par-dessus de robe lamée pour mettre à ma
prochaine soirée.

LA COUTURIÈRE.
Une soirée masquée?

Mme TOURNELLE.
Parée seulement.

LA COUTURIÈRE.
Oui, madame; seulement je désirerais que
ces nouvelles commandes fussent faites par
monsieur le Comte!

LES AUTRES.
Nous aussi.

Mme TOURNELLE.
Qu'est-ce à dire, mesdemoiselles? apprenez
que je suis toute aussi bonne pour vous payer
que monsieur le Comte !

LA MODISTE.
Pardon, madame. (*A part.*) Ménageons-la...
Quand j'aurai mon argent... (*Haut.*) Alors, nous
porterons, comme d'habitude, ces fournitures
au nom de mademoiselle Francine ?

Mme TOURNELLE.
Plaît-il? mademoiselle Francine ! il n'y a
pas de mademoiselle Francine, sachez-le bien...
Il y a madame la comtesse de Logronoff... et il
me semble que le mot de comtesse ne vous
écorcherait pas la bouche !

LA MODISTE.
Excusez, madame.

LA COUTURIÈRE.
Nous redoublerons d'efforts pour vous satis-
faire, ainsi que madame la comtesse de Logronoff.

LA MODISTE, *présentant sa note.*
En attendant, voudriez-vous jeter un coup
d'œil...

Mme TOURNELLE.
Ah ! c'est vrai, j'oubliais... (*Elle l'examine.*)
Que vois-je ? deux cents francs... Quelle hor-
reur !

LA MODISTE.
Mais, madame, c'est en conscience?

Mme TOURNELLE.
Conscience de modiste... Et vous? (*Lisant*)
cent vingt-huit francs... de mieux en mieux...
Voyons le vôtre.... (*Même jeu.*) quatre-vingt-
dix francs... Mais je suis refaite comme dans
un bois !

TOUTES.
Madame pense que...

Mme TOURNELLE, *les interrompant.*
Je n'aime pas à batailler avec mes fournis-
seuses... je vous rabats un quart et n'en par-
lons plus... c'est à prendre ou à laisser...

LA LINGÈRE.
Si c'est comptant, nous y consentons... mais
c'est parce que nous tenons à conserver la pratique de madame...

LA COUTURIÈRE.
Et celle de madame la comtesse...

LA MODISTE.
De Logronoff.

Mme TOURNELLE.
C'est bien... j'enverrai solder chez vous !

LES MARCHANDES.
Comment, madame, vous ne nous payez pas?

Mme TOURNELLE.
Allez donc, allez donc, j'ai bien autre chose
à faire que de m'occuper de semblables détails !

LA LINGÈRE.
On ne se moque pas des gens comme ça !

TOUTES.
Nous irons chez le juge de paix !

Mme TOURNELLE.
Qu'est-ce que c'est? des menaces !... qui m'a
bâti de pareilles perronnelles?

Air de la Somnambule.

De vous tout's je n'ai rien à craindre
On ne se conduit pas ainsi.
Si vous l'voulez, allez vous plaindre
Toutes trois en sortant d'ici.

LES MARCHANDES.
De nous vous avez tout à craindre,
On ne se conduit pas ainsi ;
C'est affreux, nous allons nous plaindre
Toutes trois en sortant d'ici.

Elles sortent en fesant beaucoup de bruit.

SCENE VIII.

Mme TOURNELLE, FRANCINE.

FRANCINE, *sortant précipitamment de sa chambre. Elle est en grande toilette.*
Quel tapage ! qu'est-ce donc ?

Mme TOURNELLE, *toute essoufflée.*
Rien... nos marchandes qui veulent être
payées... Canailles !... (*Francine se dirige
devant la toilette et achève de mettre sa parure
tout en écoutant Mme Tournelle.*) Ah ! ça, tu
dois être bien contente, épouse légitime d'un
comte !...

FRANCINE.
Certainement, je devrais être heureuse... et
pourtant...

Mme TOURNELLE.
Et pourtant... quoi ?

FRANCINE.
Je ne sais, je ne suis pas tranquille sur l'avenir.

Mme TOURNELLE.
En v'là d'la bêtise !

FRANCINE.
Si j'allais être mal accueillie par la famille
du comte ?

Mme TOURNELLE.
J'voudrais bien voir ça... après l'éducation
que je t'ai donnée... toi qui, jeune encore, raccommode dans la perfection !...

FRANCINE.
Mais dans le monde où mon mari me conduira ne serai-je pas empruntée, ridicule même?

Mme TOURNELLE.
Ne crains rien... avec de la noblesse et des
écus... d'ailleurs ne suis-je pas là pour t'*infuser* les belles manières?

FRANCINE.
Mais si le comte allait cesser de m'aimer,
s'il se repentait un jour de m'avoir élevée jusqu'à lui, jugez combien j'aurais à souffrir de
cette humiliation.

Mme TOURNELLE.
En v'là des idées ! sois donc tranquille, il
t'aimera toute sa vie... Dans son pays toutes les
femmes sont *hideuses*, c'est pour ça qu'il est
venu en chercher une en France.

FRANCINE.
Allons, vous me rassurez... pourquoi m'attrister d'avance sur un malheur qui ne m'atteindra
peut-être jamais? ce serait folie à moi ! oui,
maman Tournelle, voilà qui est décidé, je vais
redevenir insouciante et joyeuse comme autrefois.

Mme TOURNELLE.
A la bonne heure !

FRANCINE.
Au fait, pourquoi donc le comte serait-il inconstant?

AIR : Crois-moi. (MASINI.)

Quoique simple grisette,
J'aimerai les atours,
Et je serai coquette } bis.
Pour fixer les amours.
Quand nous serons ensemble
Je veux, pour qu'il soit toujours asservi,
Qu'il tremble
Pour lui.

Mme TOURNELLE.
Et tu feras bien !

FRANCINE.
Mais à propos, avant de quitter Paris, je
veux remercier ce bon Bénédict de son dévouement pour moi ; et lui laisser une marque de ma
reconnaissance... Ainsi, il faut que je le voie,
que je lui parle...

Mme TOURNELLE.
Le voir ! lui parler ! miséricorde ! mais si le
comte le trouvait ici, ton mariage serait
flambé ; tu ne sais donc pas qu'il s'est imaginé
que tu avais encore de l'amour pour le tapissieur ? Aussi, j'ai eu soin, pour éviter une dégringolade, d'ordonner aux domestiques de ne
pas le laisser entrer ici, s'il osait se présenter.

FRANCINE.
Ah ! mon Dieu, c'est qu'il va croire que je
suis une ingrate !

SCENE IX.

LES MÊMES, LE DOMESTIQUE, *puis* LOUISE.

LE DOMESTIQUE.
Mademoiselle Louise fait demander si elle
peut entrer?

FRANCINE, *vivement.*
Louise ! mon amie !... je vous ai déjà dit que
pour elle j'y étais toujours...

LE DOMESTIQUE.
Il suffit, madame.

Mme TOURNELLE.

Tu vois bien, t'as beau dire... t'as tort de la recevoir comme ça ici... où il peut venir du monde.

FRANCINE.

Qu'est-ce que cela fait?

Mme TOURNELLE.

Ça fait, ça fait un très mauvais effet... une grande dame que son ouvrière tutoye, ça vous expose à rougir.

LOUISE, entrant.

Bonjour, Francine.

FRANCINE, l'embrassant.

Ma bonne Louise !

Mme TOURNELLE, à part.

Je vous demande si on venait?

LOUISE.

Comment te portes-tu?

Mme TOURNELLE.

Qu'est-ce que j'ai dit?... le premier mot... tu!... Il n'y a personne heureusement.

FRANCINE.

Bien, et toi?

LOUISE.

Et vous, madame Tournelle, vous allez toujours bien, il paraît?

Mme TOURNELLE.

Mais oui, ma petite, comme vous voyez !

FRANCINE.

Ma bonne Louise, tu arrives à propos pour partager ma joie!

LOUISE.

Qu'est-ce donc?

FRANCINE.

Le comte consent, enfin, à m'épouser.

LOUISE.

Ah! que je suis contente !

FRANCINE, avec effusion.

Je vais être riche! très riche!... et je veux que tu le sois aussi.

LOUISE.

Y penses-tu?

FRANCINE.

Je sais que tu vas te marier avec Bénédict !

LOUISE, baissant les yeux.

Moi!...

FRANCINE.

Oh ! il ne faut pas rougir pour cela, je le sais et je vous en félicite tous les deux... Franchement, Bénédict ne perd pas au change, car tu vaux mieux que moi...

LOUISE.

Par exemple !

FRANCINE.

Mais ce n'est pas cela dont il s'agit... puisque tu te maries, il te faut un établissement, et je me charge de te fournir de l'argent pour acheter une boutique de lingerie.

Mme TOURNELLE.

Moi, je vous promets ma pratique... Vous m'enverrez en Russie des bonnets à la folle.

LOUISE.

Je te remercie de ton bon cœur... Mais monsieur le Comte?

FRANCINE.

Il m'approuvera, je t'en réponds... d'ailleurs, puisque je vais être sa femme, sa fortune sera à nous deux.

Mme TOURNELLE.

Certainement... elle sera à nous trois.

LOUISE.

Cependant, je ne sais si je dois accepter...

FRANCINE.

Par exemple, je voudrais bien voir ça ; mais tu ne peux me refuser?

Air de la Napolitaine

Depuis notre plus tendre enfance,
Du sort, ensemble, avec constance,
Nous avons subi la rigueur.
Grace au lien qui nous enchaîne
Louise, dans les jours de gêne,
Puisque j'ai partagé ta peine,
Tu dois partager mon bonheur.   (bis.)

LOUISE.

Ma bonne Francine!... Eh bien ! nous causerons de cela avec Bénédict.

FRANCINE.

Soit ! mais parle-moi de lui... Hier, c'était jour d'entrée, tu l'as vu?

LOUISE.

Oui, Francine... il va mieux ; il espérait même bientôt sortir...

FRANCINE.

Ah ! que je serai contente quand il sera guéri tout-à-fait... et tu lui as remis ce que je t'ai donné pour lui?

LOUISE, hésitant.

Oui, Francine, oui. (A part.) Cachons-lui la vérité, ça lui ferait de la peine.

FRANCINE.

C'est le seul argent que j'aie voulu recevoir du comte, et encore j'ai eu soin de lui dire à quel emploi je le destinais.

Mme TOURNELLE, avec impatience.

Mais tu causes-là, Francine, et tu oublies que tu dois aller chez le notaire.

FRANCINE.

C'est vrai, je n'y pensais déjà plus... Viens, Louise, tu m'aideras à achever ma toilette.

LOUISE.

Avec plaisir... Sans adieu, madame Tournelle.

Mme TOURNELLE.

Au revoir, ma petite... (Louise et Francine entrent dans la chambre à gauche.) Dépêche-toi, Francine.

SCENE X.

Mme TOURNELLE, seule.

Je donnerais je ne sais pas qu'est-ce pour que Francine soye madame la comtesse devant M. le maire... ou même son plus petit adjoint... Je tremble toujours qu'il n'arrive quelqu'anicroche !...

La porte masquée s'ouvre, et Bénédict paraît.

SCENE XI.

Mme TOURNELLE, BÉNÉDICT.

BÉNÉDICT, entrant avec précaution.

Bravo ! personne ne m'a vu!

Mᵐᵉ TOURNELLE, *se trouvant face à face*
avec lui.

Bénédict !

BÉNÉDICT, *avec calme.*

En chair et en os, comme Saint-Amadou.

Mᵐᵉ TOURNELLE.

Et l'on ne vous a pas jeté à la porte ?

BÉNÉDICT.

J'ai évité cette peine à vos porteurs de soupe.

Mᵐᵉ TOURNELLE.

Malgré mes ordres ?... les faquins !

BÉNÉDICT.

Ils n'y ont vu que du feu... j'ai filé par la
porte de l'escalier dérobé... et me v'là... je
connais les êtres, on n'a pas arrangé ce boudoir
pour le roi de Prusse !

Mᵐᵉ TOURNELLE.

Ah ça, y pensez-vous ! paraître ici... vous
avez perdu la tête.

BÉNÉDICT.

Vous, je vous conseille de vous taire, c'est
ce que vous pouvez faire de mieux...

Mᵐᵉ TOURNELLE.

Il m'impose silence !... un ouvrier !

BÉNÉDICT.

Non, j'vas prendre des mitaines.

Mᵐᵉ TOURNELLE.

Grossier personnage !

BÉNÉDICT.

Je ne suis pas chez vous, n'est-ce pas ?...
Tout c'que j'vous d'mande, c'est deux onces
de paix... deux onces, c'est pas beaucoup.

Mᵐᵉ TOURNELLE.

Que prétendez-vous ?

BÉNÉDICT.

Si on vous le demande... croyez-moi... allez
voir à vot' loge si j'y suis...

Mᵐᵉ TOURNELLE.

Ah ! si mes yeux étaient des pistolets.

BÉNÉDICT.

Des... de quoi ?... des poignards !

Mᵐᵉ TOURNELLE.

Ah ! je bous ! je bous !

BÉNÉDICT.

Du calme !... (*Otant sa casquette.*) Portière,
mam'selle Francine, s'il vous plait ?

Mᵐᵉ TOURNELLE, *avec sa grosse voix.*

Elle n'y est pas !

BÉNÉDICT.

En ce cas...

Il fait semblant de sortir par le fond.

Mᵐᵉ TOURNELLE, *à elle-même.*

Ce n'est pas malheureux...

BÉNÉDICT, *revenant sur ses pas et s'asseyant*
près du guéridon à gauche.

Je vas l'attendre...

Mᵐᵉ TOURNELLE, *se retournant.*

Eh bien ! il s'asseoit, à présent !... (*Brusque-*
ment.) Mais, qu'est-ce que vous avez à lui dire
à Francine ?

BÉNÉDICT, *de sang-froid.*

J'ai... j'ai à lui faire des reproches !

Mᵐᵉ TOURNELLE.

Des reproches !

BÉNÉDICT.

Oui, de ce qu'elle a cru que j'accepterais

l'argent qu'elle m'envoyait par mademoiselle
Louise... et le v'là, son argent !

Il montre une bourse.

Mᵐᵉ TOURNELLE, *voulant s'en emparer.*

Donnez... j'le lui r'mettrai.

BÉNÉDICT, *retirant sa main.*

Pas de ça, Lisette... c'est à elle que je veux
le rendre.

Mᵐᵉ TOURNELLE.

Puisque j'vous dis qu'elle est sortie !

BÉNÉDICT.

Eh ben ! je l'attendrai !

Mᵐᵉ TOURNELLE.

Mais, vilain homme, vous ne savez donc pas
que demain Francine épouse le comte...
(*Bénédict se dresse tout-à-coup, et l'écoute*
avec étonnement.) qu'il est jaloux comme un
Espagnol, comme trois Espagnols...

BÉNÉDICT.

Après ?

Mᵐᵉ TOURNELLE.

Et que s'il vous trouvait chez lui il ne vou-
drait plus entendre parler de mariage...

BÉNÉDICT.

Comment ?...

Mᵐᵉ TOURNELLE.

De grâce, allez-vous-en, Bénédict.

BÉNÉDICT.

M'en aller ?

Mᵐᵉ TOURNELLE, *suppliante.*

Je vous en prie, mon petit Bénédict... je vous
en conjure... pour Francine.

BÉNÉDICT.

Cette raison là me décide.

Mᵐᵉ TOURNELLE, *remontant la scène.*

Ah ! mon Dieu !... une voiture s'arrête à la
porte. (*Regardant en dehors.*) C'est le comte !

BÉNÉDICT.

Le comte !

Mᵐᵉ TOURNELLE.

Au nom du ciel, cachez-vous !

BÉNÉDICT.

J'n'ai pas besoin de me cacher.

Mᵐᵉ TOURNELLE.

J'vous en prie ! j'vous en supplie !

BÉNÉDICT.

J'vas m'en aller par où je suis venu.

Mᵐᵉ TOURNELLE.

Ça vaudra encore mieux. (*Elle le pousse en*
dehors et tire la porte.) Je respire...

BÉNÉDICT, *reparaissant.*

Mais vous me promettez que plus tard je pourrai voir mam'zelle Francine ?

Mᵐᵉ TOURNELLE.

Oui, oui, je vous le promets. (*Elle le pousse*
de nouveau. A part.) Compte là-dessus. (*Aper-*
cevant le comte qui a surpris Bénédict à sa
sortie.) Le comte ! (*Haut.*) M. le comte... je...
je vais à ma toilette... je... M. le comte.

Elle lui fait de grandes révérences, et sort, toute
ahurie, par la droite.

SCENE XII.

LE COMTE, DOMESTIQUES.

LE COMTE, *regardant la porte masquée.*
Ce Bénédict ici!.. on ne m'avait pas trompé...
et il s'enfuit en ma présence... Le misérable!
(A l'un des domestiques.) Vous avez fermé la
porte de l'escalier dérobé?

LE DOMESTIQUE.
Oui, M. le comte.

LE COMTE.
C'est bien. *(A lui-même.)* Je suis sûr qu'il ne
m'échappera pas... *(Au domestique.)* Descen-
dez mes pistolets dans le pavillon du jardin, ensuite, vous reviendrez ici.

LE DOMESTIQUE.
J'obéis, M. le comte.

Le domestique sort.

SCENE XIII.

LE COMTE, DOMESTIQUES.

LE COMTE, *s'asseyant.*
Avant tout, écrivons à Mlle Francine. *(Il écrit
et parle en même tems.)* Comme ils se jouaient
de moi! ils s'entendaient tous pour me tromper...
Et cette Francine! lorsque je sacrifiais tout pour
elle... devoir... fortune... considération... Elle
avait l'audace d'introduire son amant chez moi...
furtivement... pendant mon absence... Ah! malheur à eux! malheur à lui, surtout!

LE DOMESTIQUE, *rentrant.*
Monsieur, vos ordres sont exécutés.

LE COMTE.
C'est bien. *(Aux autres domestiques.)* Vous,
approchez... il y a un homme caché là; allez à
lui, et conduisez-le par l'escalier dérobé dans
le jardin, à la porte du pavillon... Vous m'entendez? conduisez-le de gré ou de force. *(Les
domestiques sortent par la porte masquée qui a
servi de passage à Bénédict. Après un instant
de réflexion le comte continue.)* Ah! pour lui
ôter toute retraite, mettez le verrou à cette porte.
(Le domestique obéit.) Maintenant, remettez
cette lettre à mademoiselle Francine; et moi...
je vais attendre ce M. Bénédict..

Il sort par le fond.

SCENE XIV.

FRANCINE, LOUISE. LE DOMESTIQUE.

Francine et Louise arrivent, en causant, de l'appartement qui est à gauche.

LE DOMESTIQUE, *après un silence , à Francine.*
Madame, cette lettre est pour vous.

Il s'incline et sort.

FRANCINE, *étonnée.*
Pour moi ?... qui peut m'écrire ? *(Ouvrant
la lettre.)* Elle est du comte...

LOUISE.
Qu'est-ce que cela signifie ?

FRANCINE.
Lisons : « Madame, afin de réparer un moment d'erreur, j'avais consenti à vous élever
jusqu'à moi ; dans mon fol amour, je foulais à
mes pieds l'avenir que ma naissance et mon
rang me promettaient, et vous m'avez indigne-
ment outragé. *(Parlé.)* Outragé, moi ! *(Lisant.)*
Un autre vous maudirait; mais moi je vous remercie; car vous m'avez arrêté aux bords de l'a-
bîme... Je vous aimais, et maintenant je vous
méprise, vous comme tous vos complices. *(Parlé.)*
Il me méprise... suis-je donc bien éveillée ? *(Lisant.)* Et pourtant devais-je attendre plus d'é-
gards, plus de sincérité de la part d'une famille
pour laquelle j'étais descendu si bas. *(Parlé.)*
Oh! mais c'est infâme ! *(Lisant.)* Toutefois, j'espère que lorsque vous aurez achevé la lecture
de cette lettre, votre Bénédict aura déjà reçu de
ma main le châtiment de son offense. »

LOUISE.
Bénédict !

FRANCINE.
Qu'est-ce que cela veut dire ?

LOUISE.
Que s'est-il donc passé ?

FRANCINE.
Oh! il faut que je voie le comte, que je le
désabuse ! *(Appelant et sonnant.)* Quelqu'un !
quelqu'un !

LOUISE, *remontant la scène et appelant aussi.*
Quelqu'un !... l'on monte l'escalier... *(Avec
joie)* Ah ! c'est M. Robleau et M. Bénédict.

FRANCINE.
Ah ! enfin... nous allons donc savoir quelque
chose.

SCENE XV.

LES MÊMES, ROBLEAU, BÉNÉDICT.

Ils arrivent précipitamment et paraissent très animés.

FRANCINE, *inquiète.*
Ah ! Bénédict... Robleau... parlez! parlez!

LOUISE.
Oh ! oui, qu'y a-t-il?

ROBLEAU.
Rassurez-vous.

FRANCINE.
De grâce, expliquez-vous promptement.

BÉNÉDICT.
Voilà le commencement de l'histoire... J'é-
tais venu pour voir mam'zelle Francine...

FRANCINE.
Pour me voir?

BÉNÉDICT.
Oui... et pour vous rendre l'argent que Louise
m'a dit apporté de votre part.... Mais je ne
trouve que la Tournelle... si bien que nous ne
nous entendons guère, qu'elle me fait cacher
quand le comte arrive.

FRANCINE.
Il vous a surpris ?

BÉNÉDICT.
Il faut le croire, puisqu'il m'a envoyé cher-

cher... J'allais m'arranger avec lui... Robleau vient...

ROBLEAU.

Je me mets entre les combattans.

LOUISE.

Un duel!..

ROBLEAU.

Un instant... Je les sépare... le comte s'écrie : « Je suis trompé... trahi... Francine aime Bénédict... Bénédict vient la voir en cachette... ils s'entendaient ensemble. »

FRANCINE.

Oh !..

ROBLEAU.

Je le laisse bien jeter son feu... et puis après je lui dis : « J'en suis fâché, M. le comte, mais en ce moment-ci, vous n'avez pas le sens commun. — Comment? — La preuve, c'est que dans huit jours au plus tard, Bénédict épouse Louise. »

BÉNÉDICT.

Et moi je le calme tout-à-fait en lui apprenant le motif de ma visite, et en lui prouvant que c'était la mère Tournelle qu'avait fait la boulette.

FRANCINE.

Et maintenant?

BÉNÉDICT.

Oh! à l'heure qu'il est, nous sommes les meilleurs amis du monde.

LOUISE.

Ce pauvre comte... c'est la jalousie qui lui avait tourné la tête.

ROBLEAU.

Oui, mais il y a encore quelqu'un avec qui il veut se réconcilier... et ce quelqu'un, c'est toi, Francine.

FRANCINE, avec un sourire amer.

Moi?

ROBLEAU.

Il n'a pas osé venir demander lui-même son pardon, et c'est moi qu'il a chargé de plaider sa cause... Voilà votre contrat de mariage en bonne forme, il n'y manque plus que ta signature.

FRANCINE, avec dignité.

Et je ne le signerai pas.

LOUISE, ROBLEAU et BÉNÉDICT.

Comment?

FRANCINE.

Après la lettre qu'il m'a écrite.

ROBLEAU et BÉNÉDICT.

Une lettre !

FRANCINE, la remettant à Robleau.

Lisez-là vous-même... Après cette lettre, si je lui pardonnais, je perdrais ma propre estime... Oh! non, jamais je ne serai la femme de celui qui, sans m'avoir entendue, m'a couverte de son mépris, de celui enfin qui a osé outrager par ses indignes soupçons tous ceux qui me sont chers... Donnez-moi ce contrat.

ROBLEAU, le lui remettant.

Songes-y bien, Francine... le comte est là... il te voit, il t'écoute... et si tu persistes dans ta résolution, il part à l'instant pour la Russie.

FRANCINE, déchirant le contrat.

Qu'il parte donc.

TOUS...

Grand Dieu!

FRANCINE.

Air de Paoli.

Je ne saurais pardonner son outrage ;
Il peut garder et son rang et son or...
Qu'il parte donc! moi, j'aurai le courage
De supporter la rigueur de mon sort ;
L'ambition avait perdu ma tête,
Je reconnais ma trop funeste erreur...
    Je redeviens grisette,
    Loin de moi la toilette,
Qui me cachait, hélas! les regrets, la douleur.

LOUISE.

Pauvre Francine!

FRANCINE, résignée.

A présent, le bonheur n'est plus fait pour moi, je dois y renoncer.

ROBLEAU, avec chaleur.

Y renoncer... non, non; car tu ne fus pas coupable... ne te reste-t-il pas des amis, un père qui t'a toujours aimée? viens, viens ma Francine, il y a pour toi de la place dans la mansarde du cocher Robleau... tu n'y trouveras pas des clinquans; mais tu dois t'apercevoir à présent qu'on n'en a pas besoin pour être heureux sous les toits.

BÉNÉDICT.

Si nous le serons! moi avec ma femme... vous, Francine, avec votre père nous vivrons là comme quatre jumeaux.

FRANCINE.

Allons, Louise... tu n'auras pas ta boutique de lingère.

LOUISE.

Non, mais tu ne nous quitteras plus, et j'aime mieux ça.

~~~~~~~~~~~~~~~~~~~~~~~~~~~~~~~~~~~~

SCENE XVI.

LES MÊMES, Mme TOURNELLE, en grande toilette.

Mme TOURNELLE.

Eh bien! partons nous ? (A Bénédict.) Encore ici !

BÉNÉDICT.

N'craignez rien... tout est arrangé.

Mme TOURNELLE.

Qu'est-ce qu'y a ? que s'est-il passé ?

BÉNÉDICT.

Oh! ben du nouveau, que vous saurez toujours trop tôt.

Mme TOURNELLE.

Et M. le comte, où donc est-il ?

BÉNÉDICT.

Il est parti.

Mme TOURNELLE.

Parti... Eh bien ! et Francine ?

ROBLEAU.

Elle reste à Paris...

Mme TOURNELLE.

Mais...

ROBLEAU.

Avec moi... avec son père.

BÉNÉDICT.

Et moi, j'épouse Louise.

Mme TOURNELLE.

Je tombe de la lune... Ah ça, et moi ?

ROBLEAU.

Vous, vous pouvez retourner à vot' loge.

BÉNÉDICT.

Qui justement est vacante.

Mme TOURNELLE.

A ma... Ah ! je m'évanouis.

Bénédict la soutient.

ROBLEAU.

Laisse-là donc tranquille... j'connais l'moyen de la faire revenir. *(Lui criant aux oreilles.)* Le cordon s'il vous plaît.

Mme TOURNELLE, *se relevant.*

Insolent!.. Ah bah ! faut être philosophe, à cette loge.

CHŒUR.

Air du final de Bruno le Fileur.

Mme TOURNELLE.

Quel cruel dégommage !
Et quel dégringolage ;
Je n'ai plus que le choix
Entr' ma loge et les toits,

LES AUTRES.

Les gens du haut parage
Sont moins heureux, je gage,
Que nous n' le s'rons, je crois,
En logeant sous les toits.

FIN.

Imprimerie de POLLET, SOUPE et GUILLOIS,
380, rue Saint-Denis.

www.ingramcontent.com/pod-product-compliance
Lightning Source LLC
Chambersburg PA
CBHW061607180626
46818CB00005B/1986